AIドクター
ロボット

神の使いか？　悪魔の化身か？

小橋隆一郎

第一章
ＡＩロボットとの共存社会

数十年先の近未来の物語ではない。十数年後の日本が直面する医療現場である……。

二〇三Ｘ年、日本における認知症罹患者数は認知症予備軍を含めるとすでに一千万人を超えていると推計されている。

東京都港区六本木、ヒルトップ高層階にある株式会社メディカルヒューチャーは、政府の認知症対策の一環として、認知症改善プログラムが組み込まれた医療用ＡＩドクターロボットを開発した。

開発したのはＡＩ（人工知能）の革命児と云われている脳科学者の榎木公彦のグルー

プである。ドクターロボットは医師としての知識は十分であるが、認知症患者に対する医療の経験が医療倫理にどう生かされるかが、未知の分野でもあった。

令和十三年四月一日。そのＡＩが搭載されたドクターロボットだけによる定期例会が初めて開催されようとしていた。

現在のＡＩロボットは、ドクターロボットとして、すでに認知症専門医療機関の中でＡＩ独自のディープラーニングによる進化が確認されている。さらにヒトに対する認知症の病態学習を繰り返すことにより、ドクターロボット自身にも認知症対策に個性がみられるようになってきた。


会議は朝の九時、定刻に始まった。ジュピターと呼ばれる経営管理専門の優れた人工知能を持ったＡＩロボットが座長として、会議を取りまとめるのである。

シンポジストとして、新たに派遣が決まったドクターロボット三名（三体ではない）と、オブザーバーでロボット派遣部門の関係者として株式会社メディカルヒューチャーの片桐取締役社長、内山常務取締役と伊藤相談役、それにＡＩドクターロボット開発責任者である榎木上席研究員が最前列左に同席していた。

彼らは開発したＡＩロボットに会議の進行を任せ、見守るが、そこで直接ＡＩロボットに意見を述べることは禁じられていた。医療関係の出席者のほとんどが、人工知能が経験則に基づき、どのように進化していくかが最大の関心事だった。もし疑問点がみつかれば会議の終了後、ジュピターに意見書として文章で提出することになっている。

そしてそれらをジュピターが解読した後に、スーパーコンピューターであるグレートマザーに報告される。さらにＡＩの詳細な解析検討後に、意見書が同意されればＡＩロボットのプログラムを変更することが可能となる。しかし最終判断の決定はあくまでもＡＩロボットではなく、株式会社メディカルヒューチャーのヒトによる理事会が権限を持っていた。

ヒトの英知を詰め込んだＡＩドクターロボットが独自の発達を遂げることに対して、ヒト側は信頼関係の構築を進化としてとらえてはいるが、しかし、ヒトの意見に耳を貸さないばかりか、ヒトの考え方まで支配しようとする欲望がＡＩロボット自身に芽生えることを恐れていたことも事実である。認知症を患ったヒトとの医療現場では、問題点は多岐に広がっており、解決にはまだ多くの天文学的時間を要する。ＡＩロボット自体が患者の脳機能の改善に対して失望したり、蔑んだり恨む行為は今のところ報告されてはいない。しかし認知症患者と向き合うがゆえに、ＡＩロボットがヒトの回復しようとする意志までも変えようとする考え方が、将来的には懸念材料になる可能性もあった。

現代の日本は棺桶型といわれている超高齢者社会を迎え、認知症の急激な増加がさまざまな社会問題を引き起こしている。同時に介護医療の現場では、現存する介護ヘルパーロボットとは異なる、ＡＩが搭載され認知症患者の重症度診断を行うためのカテゴリー分類を行い、それに基づく認知症の回復プログラムを履行するドクターロボットが開発されていた。このドクターロボットは、認知症を患った高齢者の社会復帰が第一の目的に作られたのだが、一方では認知症予備軍の認知症への移行を遅らせる機能も担っていた。

ＡＩロボット開発研究所で榎木上席研究員らによって誕生したドクターロボットは現在わずか三名であったが、すでに厚生労働省にモデルケースとして認定された認知症療育型施設に派遣され活動を開始している。

今年度一月から始まった認知症回復プログラムに対して、その成果が問われることになり、派遣後三カ月が経った段階で、初めてのＡＩドクターロボットだけによる報告会が行われることになったのである。

ＡＩドクターロボットはいずれも規定では身長一五〇㎝、胸と背中には識別を示す番号が表示されている。高齢者に威圧感を与えないように小型化にしたのである。

肌色は乳白色でその両眼は丸く、意外に小さい。そして両方の上瞼がロボットの感情を表現する役割を示している。右眼には患者の視診に必要な画像解析機能が備わっており、さらに認知症患者の自律神経の反応を、サーモグラフィーで鼻尖部や口輪筋の血流の変化で瞬時に感知する装置が左眼に組み込まれている。さらにヒトの瞳孔反応や瞬目反射、心的負荷に脈拍や呼吸数の変動はもとより、ヒトの会話を読み解く読唇機能や聴覚、認知症患者の呼気からでる嗅覚の解析装置も備わっていた。

ヒトと明らかに異なるところは、ＡＩの指令本体が頭部ではなく胸部に高機能のチップが無数に設置されていることだ。顔の表情はロボット特有の感情を表には出さないが、会話の時には口は少し開いて中から声が出る。しかし、ヒトのように興奮して、感情を露わにすることはない。また攻撃的な暴力行為は禁止されている。技術の開発により、さらに人間に近い、しゃがむ姿勢や膝関節や股関節を使った二足歩行での安定した移動が可能になった。荷重を伝える足関節の稼働は技術の進化である。また高齢者が対象者となるため、ゆっくりとした口調や相手の行動に合わせた対応をするように開発設計されている。

今までのAIロボットとの大きな違いは、病院や施設の中ではドクターロボットとして白衣を着用している。医師免許は持っていないが、医療の知識は優秀であることは言うまでもない。ディープラーニングとして実務の経験をどう学んでいくかが、これからの注目される問題である。

また昨年度から新たに認知症対策の一環として国に認定された臨床認知症療法士との二人三脚での活躍が大いに期待されている。

身長は同じであるが特殊合金でステンレス色で顔が少し角ばって大きいジュピターの指示で、椅子からゆっくりと立ち上がったドクターロボット284『デルタ』が報告する。AIロボットたちは個性を出すために顔の造作に工夫が施され、ひと目で見分けがつくようだ。

「医療法人財団ロイヤル認知症療育院での派遣状況ですが、入院患者四三名中、この半年での死亡者が十六名出ました。従って院内の認知症回復プログラムも感染によって一カ月間中断しています」

「ドクターデルタ、半年間での前年比はいかがですか」

ジュピターの質問にデルタが資料を取り出してみることはない。すべて記憶のエリアにあるからだ。

「昨年は九名ですから七名増加しました。十六名中八名は昨年暮れから流行した香港Ａ型インフルエンザにおける肺炎が直接の原因だと考えています。わたくしの派遣は今年の一月からですから昨年の詳しい実状分析は出来ていません」

デルタは立ったまま報告を続けた。口は少し開けても唇が動かないロボット独特の音声では、まるで台本を棒読みしているように聞こえた。

「わかりました。ルーティーンにおいて何かロボットサイドで問題点は起きていますか」

「院内における感染症についてドクターロボットの責任は、介護を担当しているヘルパーロボットも含め直接指摘されておりません」

デルタは院内感染における対策をすでにロボットは履行していることを強調する。

「患者からのウイルス飛沫感染であっても院内は徹底した消毒管理体制ですから、ロボットからの感染経路は考えられません。しかし我々が患者の発熱の指摘をしても、対処が遅れ、インフルエンザウイルスの検査までに時間を有し、発熱から治療までの時間がかかったことに問題があったと考えられます。それに今回の香港A型インフルエンザに特徴的な集団感染と言っても、多くの患者に時間差があり、同時に感染発症しなかったことも対策が遅れた原因だと思います」

デルタの分析にジュピターが満足したように答えた。

「ほとんどの患者はインフルエンザのワクチン接種が済んでいましたので、担当医が直ぐにインフルエンザの感染と考えなかったという問題点もあります。高齢者の患者の免疫力の低下が重症化を招いた問題もあります。しかし治療の最終判断はあくまでも院内の臨床医に委ねられていますから……」

デルタの結論は、あくまでもヒトの医師の対応の悪さだと言っているようにも聞こえた。

「これから施設の認知症回復プログラムのスケジュールに影響はありますか」

ジュピターとデルタのやりとりを聞いていると、何か芝居の台本を読んでいるように聞こえるのは、感情の起伏がないＡＩロボットの声だからかもしれない。

「インフルエンザの流行が終息した段階で、院長の指示で認知症回復プログラムが再開されると思います」

デルタの発言が終わると、この感染の問題は認知症改善プログラムを専門とするドクターロボットの管理下の問題ではないと判断したのか、ジュピターはそれ以上の発言を控えた。

出席しているＡＩロボットたちは、座長であるジュピターをはじめ顔色が変わることも、興奮して声高になることもまったくない。かえって静まり返った議事の進行状況に出席者の中には違和感を抱くヒトも少なくなかったが、粛々と議題が討議されていった。

「次に鶴島グループの医療法人社団下北沢緑風会認知症治療院に派遣されているロボットナンバー３１１からの報告をお願いします」

ドクターロボット３１１はデルタが座ったのを確認すると、ゆっくり立ち上がりナンバー３１１という番号ではなく『コスモ』という個体名で自己紹介した。すると、すぐに毎朝行われている点呼を、声を張り上げて復唱した。

「第一条、ロボットは人間に危害を加えてはならない。また、その危機を看過することによって、人間に危害を及ぼしてはならない。第二条、ロボットは人間にあたえられた命令に服従しなければならない。ただし、与えられた命令が第一条に反する場合は、この限りではない。第三条、ロボットは前掲、第一条および第二条に反する恐れのない限り、自己を守らなければならない。以上です」

ジュピターはコスモの方に向き直った。

「それは現代では死語になりつつあるアイザック・アシモフのロボット工学三原則ですね。それが何か問題なのですか」

「毎朝、朝礼時に必ずわたくしが前に出て、他の職員といっしょに声を合わせて読み上げなければならないのですが、ＡＩロボットが規則を忘れることは決してありません。それなのになぜ毎日復唱しなければならないのですか」

その報告に苦笑いしたのはオブザーバーで参加しているヒトたちだった。

ジュピターはそんなヒトの反応には構わず説明する。

「それはあくまでも病院内で働いている職員に対するパフォーマンスなのです。ヒトが開発しておきながら、ＡＩを搭載したロボットが自分自身でディープラーニングを蓄積して進化することにヒトが心の中では疑念を感じているからでしょう。

今では我々のようにそれぞれの分野でロボットがロボットに命令して作業の効率化を図っているわけですから、逆にヒトとロボットのコミュニケーションが脆弱になりがちです。ＡＩロボットがヒトの能力を超えて自己判断することを恐れているからでしょう。だから点呼でロボットの役割を、ロボット自身が率先して声を出させることも、無駄としてもそのヒトの疑念を取り払うための行為の一環です」

ジュピターの意見にムッとしたのか、榎木上席研究員が手を上げかけたが、内山常務がそれをさえぎった。

このロボットミーティングでは、ヒトが会議の場でロボットに直接意見を言ってはいけない規則になっているからだ。

さらにジュピターが説明を加える。

「人間の社会では全員が繰り返し大声で唱えることで、目的の共有と連帯感を植え付ける役割がありますから、組織にとっては、ヒトには有意義な行為なのです」

ジュピターの説明でコスモは納得したようだ。少なくなったとはいえ、過去から受け継いできたヒトの仕事における連帯感を、このように分析していたことに榎木は少し不満だった。わざとらしく演技たっぷりのコスモからの主張だと感じたからだ。

コスモが着席すると、同じ鶴島グループの月島認知症治療院に派遣されているドクターロボット328が立ち上がった。

「わたくしの名前はシグマに決まりました」

「ドクターシグマがこの場で報告する問題点は何かありますか」

肝心な認知症回復プログラムについての討議は、まだ時間的にまとまっていないのか、総論的発言が多く、シグマも予想通りだった。

「当施設に入所している八六歳の女性の認知症患者ですが、ある日施設の敷地内に侵入してきた野良猫を手なずけて可愛がっていたのです」

この発言は予想していなかったのか、ジュピターの声が少しばかり大きくなった。

「病院や施設内で犬や猫などの動物を飼うことは、病原菌の持ち込みの可能性があって禁止されているでしょう」

「そのとおりです。いくら説明しても聞き入れてくれないばかりか、自分に出された食事を隠し持ってきては与えているのです」

ジュピターがシグマに質問した。

「その介護患者の認知症カテゴリーは何度ですか」

「Ⅲａ度です」

「施設にいる臨床認知症療法士の方に説得してもらえれば、その猫問題は解決できるのではありませんか」

シグマが顔の前で大きく手を横に振った。その仕草がぎこちなく、笑いが起こり会議の雰囲気が和んだ。

「説得してもらったのですが効果は全くありませんでした。認知症の女性は受け入れるどころか猫の餌を片付けようとしたヘルパーロボットに、持っていた杖でいきなり殴りかかったのです」

「ヘルパーロボットはＡＩが組み込まれていない作業ロボットでしょう。その結果はどうなりましたか」

ジュピターは結果を知っているはずなのに、淡々と議事を進行させていく。

「暴力を受けたヘルパーロボットは、倒されたはずみに大破してリタイヤしました」

シグマの報告に対し、コスモがゆっくりと首を縦に振る。認知症患者のロボットへの暴力行為は他の施設でも思い当たることがありそうだ。

「暴力を受けて傷ついたのはヘルパーロボットの方です」

シグマは破壊されたヘルパーロボットに同情的な発言をした。介護作業のヘルパーロボットは学習して進化する能力は備えていない。決められた役割分担をこなすため、指示者の作業命令に従うだけだ。介護に対する補助機器だと考えているヒトがほとんどであった。

「月島の認知症治療院にヘルパーロボットは何台設置されているのですか」

ジュピターがシグマに質問した。

「三台ですから二台になりました」

答えるシグマは、ヘルパーロボットのことを三体ではなく三台と言った。形は同じようなロボットでも、ＡＩドクターロボット側にも差別意識はあるらしい。

「施設に設置されているヘルパーロボットと、ドクターロボットとの役割分担に、何か問題点はありますか」

「ヘルパーロボットは介護の単純労働作業が専門のロボットですから、現場の介護士や看護師の仕事のサポートが潤滑にいくように管理しています」

「ではなぜヘルパーロボットが患者からの暴力を受けたのですか」

「それは餌事件の前に、病院からの要請でヘルパーロボットが網を使って猫を敷地外に追いやったからです」

「再び猫を招き入れたのも、その認知症の高齢者の女性ですが……」

「そういう患者サイドの問題は、施設の介護士や臨床認知症療法士が対応すればよかったですね」

「ヒトはみんな忙しいという理由で、患者が嫌がることはやりたがらないのです」

状況を説明するシグマもこれ以上、猫問題には直接かかわりたくなさそうだ。

「ヘルパーロボットの身長はわれわれより少し小さく一四〇㎝ですが、感情のコントロールや患者とのコミュニケーションはまったく出来ません。移動は足の部分についている金属のボールのベアリングと両輪で支えているわけですから、強い外力が加わるとすぐに倒れてしまいます」

そこでドクターシグマがさらに強調した。

「認知症患者の女性は可愛がっている猫を虐待したと思い込んでいるので、排除したヘルパーロボットを今でも憎んでいるようです。破壊したヘルパーロボットに対しては何の罪の意識もありません」

「それはどういうところで感じたのですか」

さらにジュピターがシグマに質問する。それはまるでヒトに対する問いかけのようでもあった。

「結果としてわたくしを含め、ロボット自体を避けるようになったからです」

月島認知症治療院の中でも迷い猫は大きな問題になっていた。

シグマが追加発言を求め、議長役のジュピターはそれを許可した。

「八六歳の女性、守秘義務のためにあえて名前は言えませんが、認知症患者さんの言い分はこうです。あたしが可愛がっている猫をロボットが虐待するなんて絶対に許せない。それならいっそ猫といっしょにあたしも排除すればいい……。たかが『機械』のくせに生意気だと直接言われました」

「やはりドクターロボットやヘルパーロボットも、認知症患者には、ただの機械としか認識されていないのですね」

ジュピターの説明に側で座っているコスモが小さく呟く。

「たとえ白衣を着ていても、ヒトはドクターロボットを機械の一部としか考えていない」

ロボット工学三原則を唱えたコスモのひとり言だった。

「みなさんのようにＡＩが搭載されたドクターロボットは、認知症患者の治療には欠かせません。これからも治療や療育に必要な仲間として正しく受け入れられるには時間がかかるのです」

ジュピターが説得した。それは聞いているヒト参加者へのメッセージでもあった。

「問題点はそれだけではないのです」

座りかけていたシグマが慌てて立ち上がった。

「野良猫を排除されたことをきっかけに、問題を起こした患者がひとり暮らしに戻りたいと申し出たことです。それに……」

「何でしょう。何か他に問題でも」

「その認知症患者さんは、以前、認知症回復プログラムに積極的に参加した結果、カテゴリーがⅢｂからⅢａに改善が見られたところなのです。こんなに短期間で効果が出てきた訓練を中断するのは残念です」

「それで月島認知症治療院の対応はどうなりましたか」

「施設長の木村院長をはじめ、スタッフの多くが説得にあたりましたが駄目でした。来月にも退院の予定です」

少しざわついたのはヒトの参加者の方だった。

ジュピターはそれを注意することもなく議事を進行させる。

「それはやむを得ない結論でしょう。しかし社会に見捨てられた小動物を可愛がる心は、ヒトにとっては重要な問題なのです。それを排除された悲しみは簡単に癒されるとは思えません。これから先、不満を抱えたまま同じ施設で過ごすよりも環境を変えて生活することは正しい選択だと思います」

それ以上、ジュピターは猫問題については触れなかった。しかしシグマが再び手を上げた。

「このような場合、さらに認知症回復プログラムを続けるために、医師や臨床認知症療法士に問題点を相談してサポートしてもらうことは必要でしょうか」

「この件はこじれていることから難しいとは思いますが、ロボットがヒトに頼ることも必要だと思います。ＡＩロボットと共存していくためにはこの行為は大切なことです」

シグマの疑問にジュピターは正論ともいえるヒトに向けた回答を用意した。

「他の介護施設でもドクターロボットと認知症患者のトラブルはここ数カ月で急増して

いるのも事実です。大抵は施設内でのヘルパーロボットの役割や、ドクターロボットとの違いを勘違いしているスタッフが原因ですが、患者側にも問題があります。ヒトとロボットの意思疎通の欠如が根本の問題かもしれません。もう少し詳細を分析してから早急に対策を立てましょう」

シグマが質問を加えた。

「議長、ドクターロボットの本来の役割を、特に認知症を患っているヒト側が正しく理解できていないことも問題ではないのですか」

「認知症の勉強会は各施設でも積極的に行われているはずですが、患者側にも積極的に勉強会に参加するように働きかけて下さい」

シグマの問いに直接答えることは避け、ジュピターは続けた。

「認知症治療院や認知症介護施設の職員、そして直接認知症回復プログラムに携わることが少なくなった医師や看護師からも意見や情報を集めて下さい」

議論の結論を安易に導き出すことを避けたいジュピターは、ドクターロボットが社会に少しずつ認知されてきていることは理解していた。最先端のＡＩが搭載されていると はいえ、その医療内容やヒトとの触れ合いには多種多様の能力が必要とされる。過去の経験則に基づいたマニュアルだけの知識では、ＡＩの対応にも限界があった。

問題点は認知症を患っているヒト側に多くあるのも事実。禁止されている施設内での喫煙行為や他の家族の面会や、差し入れに対する嫉妬……。患者同士の複雑な人間関係。

それは環境の変化や時間の経過によって、精神的にも肉体的にも認知症患者は影響を受けやすいからだとジュピターは考えているようだった。また認知症には『老い』と言う不可逆的な問題が横たわっている。進行すればおのずと理解力やそれに伴った判断力は低下する。さらに海馬の機能が衰えると病態としての認知症もさることながら、劣化を認識する前に『我』が強くなるのも認知症患者の特徴であった。

一方、ＡＩドクターロボットによって認知症回復プログラムに効果がみられても、新たにヒトのスタッフとの軋轢が生じる。今度はヒトのサイドに対するストレスや患者とのギクシャクした関係が生じることも、正論で武装したＡＩロボットが、ヒトの認知症の不可解な対応に苦しむ新たな問題点が生じていた。


派遣先としては、現在モデルケースとして公認された施設に限られているが、ドクターロボットの生産が軌道に乗ればさらなる展開が期待されている。予算面で、国の補助が認可されれば、認知症対策としてドクターロボットの家庭介護への派遣も近未来には可能となるかもしれない。

　現在の認知症療育院や治療院では、ドクターロボットやヘルパーロボットの勤務労働に休憩時間や休日はない。しかし病院を運営しているのも入所している患者もヒトであり、不眠不休のロボットも、逆に介護に携わる人の勤務体制や生活環境を理解しなければならない。ＡＩドクターロボットとはいえ、認知症患者に受け入れられなければプログラムは進展しない。また短期間での認知症回復の成果は得られなくても、認知症患者に治療を継続していく意欲がみられなければ、改善の方向に向かっていけない。認知症回復プログラムの成果が社会に認められてこそ、ドクターロボットとヒトとの共存の道が開かれるものとシグマは学習していた。

　最後に議長のジュピターは、最前列に座っている参加者のヒトに向かって声をかけた。

「初めてのロボット会議ですが、何かご質問があればここでお受けいたします」

　伊藤相談役がそっと手を上げた。伊藤は元臨床生理学の名誉教授である。

「我々ヒトの医師と、ＡＩドクターロボットの理想的な関係は今後どうあるべきと考えていますか」

ジュピターがすぐに応えた。

「友だちです」

「確かに上司でもない、部下でもない。友だちですか……」

伊藤は『友だち』という、同志ではない曖昧なその答えを聞いて、それ以上の発言は控えた。


会議が終わると、派遣されているドクターロボットたちは、お疲れさまという挨拶もない。ジュピターの指示で順次解散となった。移動の途中で、振り返ったシグマがジュピターに問いかけた。シグマには満足感はなかったようだ。

「この会議の意義は何でしょうか」

ジュピターはシグマの質問の意味をすぐに理解した。

「AIロボットの世界での情報のやりとりは数秒で完了してしまう。これはあくまでもメディカルヒューチャーからの申し入れがあって行ったものです」

それを聞いたシグマはすぐに納得した。会議そのものが、ヒトに対するパフォーマンスの一環なのだ。会議の一部始終を聞いていた参加者は、学術的な期待感を打ち砕かれた物足りなさを感じていた。しかし、これ以上の進化に対する疑念をヒトが持つことをジュピターは望まなかった。そのことにヒトのサイドはまだ気づかなかったようだ。

会議を終えて鶴島グループに派遣されているドクターシグマは迎えにきた施設の完全自動運転の送迎バスに案内され、医療法人財団 月島認知症治療院に戻って行った。

第二章
天国と地獄

捨て猫事件の当事者である田中世志乃が、ひとり暮らしの生活に戻る意志は固かった。

しかし、もう一度施設長の木村院長と臨床認知症療法士の中村、それにドクターロボットのシグマが田中さんを交えて、退院を思いとどまるよう最終面談を行った。

木村はもう迷い猫を可愛がった田中の行動を責めることはなかった。

猫が排除されてから、田中の認知症回復プログラムへの参加が中断していた。中村はそれが残念で仕方なかった。

「田中さんの努力によって、せっかく認知症の改善が見られたというのに残念です」

改善の自覚がない田中からの返答はなかった。

猫を排除されたことを理由にはしているが、以前のひとり暮らしの生活が懐かしくなったのかもしれない。帰宅を強く熱望し、口をついて出てきた言葉は衝撃的だった。

「マンションの一室で誰に看取られることもなく、孤独死に陥っても覚悟は出来ています。むしろその方があたしは幸せです。残りの人生がたとえ短くなっても、好きな服装で好きなことをして、好きな時に好きな物だけ食べる。眠くなったら寝る。好き勝手な自由こそが、短いこれから先の生きがいです……」

施設では規則と管理が中心で、ＡＩロボットにも患者のその日の気分に合わせるような臨機応変さはまるでない。これが逃げ出したくなった患者の本音だろうと木村は思った。未来が『孤独死』ではなく、これが自分の『自立死』の姿だと田中は主張した。これは逆にこの施設でＡＩロボットから学んだのかもしれない。

しかし退院の理由はそれだけではなかった。多くの介護施設がそうであるように、入居者全員、同じ使い捨ての特殊な布のような紙で出来た上下の患者着を着せられている。まるで囚人服のように患者の個性がまるで出せない。長年服飾関係の仕事に携わっていた田中には、この患者着にも抵抗があったのだろう。

それ以上に田中が気にしていることは、認知症がカテゴリーVに進行した場合、もうここの施設にはいられず、『姥捨て山』と陰口を言われている別棟の重症認知症患者が収容されている施設に移され、死を待つだけの日々を送ることになるからだ。ヒトによって異なるが、それは手厚い介護によって結構長引くことになる。数年か十数年の寝たきり状態である。口には出せないが、それがいちばん田中にとっての不安材料だった。

「あたしの将来のことは、ロボットなんかに決められたくない。ここにいることが窮屈になった。ただそれだけですよ」

　側で聞いていたシグマが田中に質問した。

「この施設は、認知症を改善する治療院としての役割があります。田中さんは結果を残されていますが、それでも中断してお帰りになるのですか」

　シグマの問いかけに田中は不機嫌なまなざしを送った。もう何も答えようとしなかった。AIロボットにヒトの心の内側まで入って来て欲しくはないからだ。

「もう、だらだらと規則に縛られて長生きはしたくない……。あたしにとって大切なことは残りの時間を好き勝手に生きること」

田中の小さな抵抗である心の叫びだった。自宅に戻ったら再び保護猫を飼うことを心に決めていた。猫事件を不満に思っているようすが額のしわに深く出ている。

木村院長は以前、ドクターシグマをカテゴリーVの認知症重症病棟に、実習研修として同行させたことがあった。認知症回復プログラムの重要性を学習させるためである。

しかし、ドクターシグマからの反応は意外と冷静でネガティブなものだった。それは認知症の病態が重症になれば、回復は不可逆で困難になることを学習しているからだろうか。シグマから新たな提案はなかった。

シグマは首を傾げはしないものの、田中との会話が成立していることにまだ希望を見出しているようだった。噛み合わない話し合いでも、シグマが丁寧に田中に問いかけた。

「代替えと言っては何ですが、代わりにロボット猫では駄目ですか」

ロボット猫を提案された田中は一瞬、言葉につまった。考えてもみなかった妥協案だった。あまりにも奇抜な発想でイメージが湧いてこない田中は、スムースに言葉が出てこない……。

そのようすをみた中村がシグマに質問した。

「ロボット猫って、ロボット犬とどこが違うのですか」

シグマが中村に向き直って答えた。

「ロボット犬と違って、ヒトに媚びないでマイペースな行動。そして相手が優しい心を持たないと近づいてもきません」

そんなロボット猫がいつの間に開発されていたのか、田中より中村の方が驚いた。

数秒経ってやっと喉の奥から絞り出すように田中は呟いた。

「オシッコもうんちもしないロボット猫は優秀な機械かも知れないけれど、とにかく作り物だから、そんなつまらない物、あたしには興味がない」

「AIロボット猫がつまらない物。そうですか……」

何かを言いかけたシグマを制し、すぐに応えたのは院長の木村だった。

「わかりました。生きた猫とのコミュニケーション能力にはかなわないですよね」

木村は田中に排除した猫のことを思いださせたくはなかった。

田中だけではない、入院しているほとんどの患者が、AIを搭載されているといっても、ドクターロボットでさえただの機械としかみていない。まるで『良く出来たおもちャの人形』の感覚なのだと木村は思った。好きか嫌いかは、はっきりしていても、ドクターロボットを尊敬していると答える患者は皆無なのだ。プロ棋士は尊敬されても、その棋士に打ち勝ったＡＩロボットには誰も敬意を払わないのと同じなのかもしれない。逆にＡＩロボットは勝利を収めても驕ることもなく、また敗者を揶揄することもない。ＡＩロボットがヒトに勝利を収めることは、むしろ当たり前なのだから……。

「最後にこの施設に対する要望が何かあったらお聞かせいただけませんか」

木村は認知症がそれほど重症化していない今の田中の気持ちを聞いてみたくなった。これから治療院として、認知症回復プログラムに役立つかもしれない。

しばらくは黙って考え込んでいるようだったが、ようやく田中は重い口を開いた。

「毎日が楽しくない……。管理、管理でおまけに医者までロボット。朝、目覚めた時に感じることは、まだ生きながらえていることへの苦痛感……。年寄りの認知症をまるで悪いことだと決めつけている……。それが嫌になった理由です」

「認知症が回復していることは、今の生きがいにはならないのですか」

すぐさまシグマが質問した。

わざとらしいと感じたシグマの質問に、田中はむきになって言い返した。ロボットに意見されること自体が不愉快なのだ。

「ボケることが年を取ることの証しなら、認知症回復の努力をさせられてまでも長く生かされたくない。それが尊厳ある人間の姿じゃない。ロボットのあんたに言っても無駄。あたしはまっぴらごめんだよ」

『尊厳』という言葉を出した田中に、側で聞いていた中村も返す言葉がなかった。

木村は何かを言いかけたシグマを制するように、話し合いの終了を伝えた。

田中から投げかけられた重い言葉だった。『楽しくない人生は、生きていても意味がない、自分の意思に反して生かされるのは苦痛だ』まるでそう言っているように聞こえた。木村はなぜ、楽しくないのか心の中で問い返してみたが、言葉にして出すことはなかった。

今月は三カ月に一度の個別の認知症回復プログラムの見直しが検討される。

それによって認知症の回復効果が判定されるのだ。認知症のカテゴリーⅣまでで、六十二人全員がその対象となるが、その判断はＡＩ搭載のドクターシグマが行うことになっていた。臨床認知症療法士の中村が出した判定との二重チェックで判定するのである。今までのように専門医だけの判定では、専門医が代わると再現性は判定が安定しないことが多かった。回復プログラムにおいても患者からの不安や不満が出てきたので、認知症の判定は主にドクターロボットに任せることになった。その効果判定が国の補助金に影響するからだ。

認知症回復プログラムの検討会が、予定通り朝の八時半から会議室で開催された。二階の会議室に集められた少人数のメンバーは施設長の木村医師、整形外科医の水野医師、非常勤内科医の森永医師、看護師長の和泉、看護師の田中、新しい制度が始まり採用された臨床認知症療法士の中村、介護士主任の川上、それにプログラムを担当するドクターロボットのシグマであった。

検討会の進行役を仰せつかったのは中村だった。

用意していたプロジェクターのスイッチを入れる。スクリーンに映し出されたのは、月島認知症治療院の入院患者が抱える認知症カテゴリー分類のⅠからⅣまでの評価のグラフだった。

中村は臨床認知症療法士の立場から、ＡＩドクターロボットに認知症の回復プログラムの評価測定の役割を奪われたくはなかった。

「全体的に見ますと、導入時に初期設定された認知症のカテゴリーは、当初から半年経過後、大半の認知症介護者は現状維持かステージダウンする傾向が見られます。言い換えれば認知症回復プログラムが思ったほど機能していないのが実状です」

中村のネガティブな言葉はシグマを意識したものだった。この発言に重苦しい雰囲気が会議室を包んだ。

スライドを見ていた院長の木村が口火を切った。

「グラフを見る限り、患者によっては有意差があるように見えるが……」

木村院長の指摘に、中村が慌ててカバーする。

「院長のご指摘のとおりです。患者自身の努力で多少差は認めていますが、患者全体で見比べると認知症回復効果が明確に表れてこないのです」

院長がうなずくと同時に、今度は看護師長の和泉が質問した。

「それは認知症患者サイドの問題ですか」

「一概にそうとは言えませんが、なかなか個別に時間をとって、訓練ルームで継続させせることが難しいのが現状です」

中村に対して和泉の意見はより現実的であった。

「認知症であればなおさらのこと、脳トレのような回復プログラムを毎日継続させることは高齢者の患者にとっては苦痛でしょう。手伝っていて感じるのですが、患者は慣れてしまうというかすぐにプログラムに飽きてしまうのです」

水野が手を上げた。

「ここは認知症を改善させる治療院ですから、続けなければ意味がないでしょう」

医師の水野の意見だった。

中村は飽きるという言葉を正当化することに必死だった。

「確かに水野先生のおっしゃる通りですが、われわれも飽きがこないようにスケジュールを変えて、記銘力や失計算力、見当識障害などのプログラムを実行しているのです」

これからの認知症療法士の役割が大切であると考えた、木村院長が中村をサポートする。

「それは、認知症の本人が、なかなか成果を実感できていないことにも関係しているのではないか。まあ下りのエスカレーターを逆走しているようなものだから、一生懸命頑張って足を動かしても現状維持が限界。少しでも休むと下がってくる。しかしそれには本人は気が付いていない。何も認知症患者でなくても我々だって年を取るってことはそうなのだから……」

その時、いちばん若い森永医師が手を上げた。

「院長先生、それはプログラムが楽しくないから続かないのですか」

「確かに訓練は楽しいことじゃないよね」

「先生、ひとつドクターシグマに質問してもいいでしょうか」

木村は返事の代わりに大きく会釈すると、シグマに返答を促した。

しかしそこで、言葉をさえぎるように森永が立ち上がった。

「ドクターシグマにとって、感情として楽しい楽しくないかは、患者に向き合ってみて、どのように判断するのですか」

ドクターシグマが答える。

「ＡＩですから好ましい、好ましくないは判断できても、好き嫌いだけではわかりません。正しいか正しくないかは分別できます。しかし、楽しい感覚はヒトによって、またそのときの条件によっても常に変化しますので、自律神経の反応を見ても患者の楽しい楽しくないの感覚は正しく把握できません」

「では認知症患者が頑張ってプログラムをこなしてカテゴリーアップして改善することは楽しくないのですか」

シグマが答える。

「森永先生、それは楽しいではなく、嬉しい感覚です」

木村にはヒトとＡＩ.ロボットとの考え方の解離が見えたような気がした。遠慮ない若い森永の意見も貴重だった。いくら優秀でもＡＩロボットだけに頼ることより、ヒトの医療従事者も互いに役割を認め合って共存しなくてはならない。木村は議事の進行がそれたことを修正するように中村に指示した。


中村はスライドを次に移行させた。次に示したものは、Ⅰ～Ⅳまでのプログラムのカテゴリーに分けての効果判定を示したものだ。

「カテゴリーもⅡか、せいぜいⅢａの患者さんでは効果も明確に表れますが、それ以上悪化すると患者さんにやる気を起こさせることがいちばん難しい問題だと思います」

中村の見解に木村がうなずく。

川上が手を上げた。

「先生、改善していることを褒めてあげることも大切なのではないでしょうか」

現場で認知症患者をつぶさに見ている介護主任の川上が言った。川上の担当はむしろⅣかⅤに移行しようとしている重症判定の患者群である。

「カテゴリーⅤのように、もう寝たきり介護になると、ベッド上でもプログラムの実行は困難になります。しかしⅣでも身体が動かせる可能性があれば、患者を起こして車椅子に乗せて認知症回復プログラムに向かわせます。しかしこれはまた非常に大変な体力が必要になります」

そこで中村が口を挟んだ。

「確かに訓練は患者さんにとっては楽しくないですからね」

また森永医師が指摘した『楽しい』という言葉が飛び出した。

「楽しいどころか認知症患者さんにとっては、苦痛で辛いでしょう……」

患者の表情を観察している川上の素直な気持ちだった。

感覚論に対して木村が意見を述べた。

「そこを何とか手を変え、品を変え、褒めちぎって対応する。たとえ三十分でも毎日継続させることが重要だからね。楽しいとまで行かなくても、気分が良いぐらいは……」

　立ち上がった木村が、さらに語気を強めて付け加えた。

「皆さんもご存じのように、カテゴリーⅤに移行して、意思の疎通がなくなり寝たきりになるとこの施設にはいられなくなります。ここは治療院ですから、できるだけ頑張ってⅣの認知症患者にもカテゴリーを引き戻すための努力プログラムの実行をお願いします」

　重苦しい空気の中、時間だけが過ぎていく。

「ところで、カテゴリー分類を担当しているドクターシグマの意見はどうですか」

　木村は振り返って、隣に座っているシグマに意見を求めた。シグマは一瞬ためらったような仕草を見せたが、さすがＡＩの機能がすぐさま正解を導き出した。

「認知症回復プログラムもカテゴリー分類の比較的軽度な認知症患者には有効なのですが、しかもこの群では認知症をあまり自覚していないのが現状です。従って認知症だと思いたくないことが訓練の妨げになることもあります」

　木村がすかさず答える。

「そうだね。入院患者さんを全体的にみても、年を取っていくことは、経年変化とはいえ肉体的にはむろんのこと精神的にも気力が低下していくからね」

木村は新たな対策方法についての意見をさらにシグマに求めた。

「確かにロウカテゴリーの認知症患者さんは回復傾向が顕著にみられますが、それは努力の結果だけではないと思います」

非常勤内科医の森永にとって、話は聞いていたものの、初めて議論に参加するAIロボットに対しては興味を通り越して、その正論武装に違和感を持った。まるで姿かたちを見なければヒトのようだ。しかし明らかに医師としての脳力は只者ではない。

「ドクターシグマ、ではどんな要因が考えられますか」

今度は中村がシグマに質問する。

先ほどの森永医師のような攻撃的な言い方はしない。それらを気にするようすもなくシグマは答えた。

「認知症の病態は年齢だけの問題ではなく、その日の患者さんの体調が悪いとか、血圧や循環器系等の変化によって自律神経に変調をきたし、それが回復プログラムの結果に影響されると考えます」

「健康管理のための採血は緊急時を除いて三カ月に一度だから、確かに心肺機能や血圧、脂質異常、胃腸障害などの体調の悪化がプログラムに影響するだろうね」

木村は健康を気遣うシグマの配慮に一定の評価を示したが、シグマは無反応だった。

しかしシグマの主張は変わらない。

「でも何があっても回復プログラムはやり続けることが大切ですから」

ダメ押しとも取れるシグマの意見に、中村はすぐには賛同しなかった。

「だからそのやり続ける努力が、認知症患者にとっては重要なことは知っていますよ。

それをサポートするのが、我々の役割ですから」

中村は引かなかった。明らかにドクターロボットであるシグマを意識している。

シグマと対峙しても始まらない。慌てて木村が答えた。

「その通りだろうけれど、経年劣化していく気力や体力を考えれば、認知症の回復プログラムも現状維持ができさえすればそれが成果だと考えておかないと、自分たちも参ってしまうね……。カテゴリーの改善はあくまでも理想の姿で、現実と建前とは違うでしょう」

「これは建前ですか」

シグマの言葉に、木村の表情が苦笑いに変わった。

「ちょっと待ってくれ！　これから先も消極的な対応しかできないのなら、ここのモデルケースとしての認知症回復治療院の認定も予算も難しくなるよ」

ドクターシグマをどう認知症の回復治療に取り込んでいくのかが、これからの重要課題だった。シグマが認知症患者からの学習によって変わっていく対応策が知りたかった。

雰囲気を察したのか、慌てて中村はスライドを次に移した。

「認知症もカテゴリーⅣになるとコミュニケーションも困難で、食事も自力ではほとんど取れず認知症の回復の見込みは困難と言わざるを得ません」

今度は師長の和泉が手を上げた。

「でもⅢｂからⅣへの進行は認知症回復プログラムの訓練によって若干改善傾向にある結果が出ています。従ってそれは効果が表れていると考えられるのではないでしょうか」

「そう考えれば確かに継続できた一部に効果の有意差はあるようだね」

スライドを見ていた木村の表情が少し和らいだ。

一方、積極的に議論には加わらないが、ドクターシグマも会話のやりとりは理解しているようだった。それどころか、議論の内容からスタッフの考え方まで学習しているようだった。

臨床認知症回復プログラムは時代のニーズもあり、世間ではおおいに期待され、マスコミにも度々取り上げられているが、実際の実績の評価に対しては現在、充分とはいえない。確かに訓練によって、ある程度の認知症の改善がみられることは医学会でも立証されているが、それを維持していくにはさらなる実証が必要である。

施設をあずかる木村院長は再びドクターロボットのシグマに意見を求めた。

立ち上がったシグマではあるが、少し反応に元気がないように思えた。森永医師からの意見に左右されたのではないが、最新のＡＩであっても現場での経験は想定外の判断を強いられるからかもしれない。

ＰＣの声でシグマが答える。

「カテゴリーⅣのグループでも、ベッドで座ることができる患者さんに対しては、まず身体を起こしてから訓練の中でも比較的かんたんな食事の記憶の訓練をしていますが、三日前の食事内容を答えるまでに時間がとてもかかって、答えが出るまでなかなかたどり着かなくて先に進みません」

「その原因に、ドクターシグマとしては、どのような問題点が考えられますか」

今度は整形外科医の水野がシグマに質問した。

「追憶の訓練には忍耐と、それに患者自身も頑張ろうとする気力が大切です。認知症の患者の多くはすぐにギブアップして訓練を止めようとします」

中村が補足しようとしたが、木村はあえて臨床認知症療法士の中村ではなくシグマの意見が知りたかった。シグマはすでに認知症患者の食べ方と食後の食べ残しまで記憶のPCに収めている。外付けのノートPCに画像を写しだしながら、メニューを思い出すばかりではなく、その匂いや味についても追憶するチャンスを与えてきた。

「認知症カテゴリー分類の中で効果が一番みられるのは、どのグループですか」

さらに水野が質問する。

「Ⅱか少なくともⅢaのグループです」

シグマが即答した。

「その他に認知症回復プログラムで明らかに改善が認められたグループはありますか」

認知症回復プログラムの評価グラフを見ていた中村が手を上げた。

「まだわずか一人ですが、ⅢbからⅢaに二カ月後に回復移行した例があります」

「それは勅使河原さんのことですか」

「はい。そうです」

「あの方は特殊なケースだと思うのだが、年齢も六十代後半でちょっと……」

木村が自分の見解を言葉に出した。さらに続ける。

「勅使河原さんは、高学歴で高機能群のアスペルガーと診断されているようだから、こういった認知症の回復プログラムには素直に適応するので、良い結果が出ても不思議ではない。やはりこの患者は特殊なケースだから、認知症の効果判定からは距離を置いていた方が無難だと思う」

「わかりました……」

返事した中村は勅使河原に良い結果がでたことには満足しているようすだった。素直で訓練にも積極的であったが、木村に指摘されればその通りかもしれない。アスペルガーと認知症の関連はまだ確立されていないからだ。それにしても中村の意見に対しシグマは黙ったままで口を挟まない。その温度差に木村は気づいたが、あえて触れなかった。

しばらくして森永が話の矛先を変える。

「認知症患者では訓練を維持させるためのプログラム作りが大変ですね」

最後に木村がゆっくりと立ち上がった。

「それが我々認知症治療院の真の目的なのだから、これからもそれぞれのセクションでひとりでも改善効果がみられるように頑張って下さい」

時間があっという間に過ぎ、木村院長の総括で会議は終了した。急いで立ち上がって部屋を後にしたのは森永医師だった。


一カ月間、家の事情で施設を離れていた八十二歳の田代義男が月島の治療院に戻ってきた。彼もまた認知症回復プログラムでカテゴリーⅢaからⅡに移行した患者であった。さっそく中村が再度ドクターシグマに依頼して、認知症のカテゴリー分類テストを行うと、一カ月の中断によりⅢaどころかⅢbにもおぼつかない状態に悪化していた。面談した中村は、田代がひとり息子を膵臓がんで亡くしたことを知って愕然とした。

「肝臓に転移して、黄疸に気づいた時はもう手術も何も手遅れだった……」

田代は重い口を開いた。

「膵臓がんは見つけにくいですからね」

中村は慰める言葉を探った。

「胃が悪いとは言っていたが、膵臓がんと診断されてからの進行は早かった。三カ月もたなかった」

「それは悲しい結果で、大変でしたね」

それから田代が発した言葉はさらに衝撃的だった。

「去年は妻に先立たれ、もう天涯孤独で、この世に血縁は誰もいなくなった。独身の息子が先に逝くなんて親不孝だよな……」

亡くなったひとり息子には子供がいないことを知った中村はさらに言葉が出てこない。慰める言葉を慌てて心の中で模索する。

「残念でしたね……」

「残念ですむか。わしを先に呼んでくれればいいものを」

田代は怒りを込めて呟いた。


それから一週間が過ぎても認知症回復プログラムへの気力を失った田代は、体調不良を理由に回復トレーニングを欠席する日々が続いた。口数もめっきり減ったことを心配した中村はドクターシグマにその対策を依頼した。シグマなら打開策を見つけるかもしれない。

中村はドクターシグマをミーティングルームに呼び出し、向かい合って腰かけた。まず口火を切ったのは中村だった。

「治療院に帰ってきてからの田代さんは、すっかり元気がなくなったでしょう。ひとり息子をがんで失ったから喪失感は想像をはるかに超えるものだと思うよ」

その中村の問いかけには反応せずに、シグマが話し出した。

「それでもこのまま何もしないで放置しておくと、認知症があきらかに悪化の傾向になるのは確実です。しかし、田代さんに話しかけようとしても、そっぽを向いて何も口をきいてはくれません」

中村はシグマの声が、やはりPCの単調な発音で説得力に乏しいと感じた。あたりまえだが、顔もロボットだけにマスクドフェイスで瞼の動きだけでは表情が表わせない。いくらAIを搭載している優秀なドクターロボットでも、感情移入して話すことは不可能だ。最近街で見られるようなマネキンのように、多少の表情の変化顔をつくっても血の通っていない作り笑顔ではかえって無気味なだけだ。そんなことを中村は頭の中で想像して苦笑いした。

「何かおかしいのですか」

シグマが中村に問いかける。不十分な対応を揶揄しているとシグマは感じ取っていた。

「いや、なんでもない。ところでドクターシグマ、この田代さんのやる気を出させるのは、僕でも難しいね」

「どうしてですか。中村さんは臨床認知症療法士の資格を持っているのでしょう。ヒトのあなたがやらなくては誰もできませんよ」

「そういう、僕がやるとかやらないとかの問題じゃない。なんとか田代さんを回復プログラムに引き戻すことが重要だろう」

「だから逆にその方法を中村さんにお願いしているのですよ」

実状を分析したシグマが、押し付けようとする中村に反抗した。

「ドクターシグマでも無理か……」

シグマは一応、一般的なやる気の出し方を羅列した。そんなことを聞いても中村には何の参考にもならない。その時シグマが中村に言った。

「ところで田代さんの今の状態は無力感で正しいですか」

シグマの分析の結果だ。

「確かにそうかもしれない……」

中村はこれ以上シグマと話し合っても、田代さんを認知症回復プログラムに復帰させる糸口は見つからないと感じていた。

「わかったからすぐにでも、また直接田代さんと話し合ってみることにする」

「お願いします」

ドクターロボットのシグマにそう言われても中村には釈然としない後味の悪さが残った。


さっそく、その日の夕食後に中村は、今度は介護士の川上を伴って田代をミーティングルームに呼び出した。何を言われるのかがわかっている田代の機嫌は悪かった。田代の座り方が態度を示していた。

「田代さん、せっかく認知症回復プログラムが功を奏しているのですから、これからもぜひ続けて下さいよ」

中村の言葉に田代は顔をあげムッとした表情で言った。

「わしの人生はわしが決めることだから……。ほっておいてくれ。何もしたくない」

「それでは、どんどん認知症が進行してしまいますよ」

「それが自然のなりゆきなら仕方ないだろう。認知症も歳を重ねる証しだからな……」

「それでは田代さんの今までの努力が報われないじゃないですか」

田代は黙ったまま、中村の説得にも耳を貸そうとはしなかった。ドクターシグマにはなおさらである。認知症が進んでいる自覚はあるらしい。川上は側で二人のやりとりを聞いていた。

それは田代の食欲にも表れるようになった。食べ残しが増え、食堂での他の患者との挨拶の会話さえなくなった。孤立は危険サインだった。

足腰がまだ丈夫で自力歩行ができる田代は、治療院から抜け出して徘徊する危険性があった。

報告を受けた木村の指示で、田代の手首には位置を知らせるマイクロチップの送信機が巻かれたが、治療院から脱走の懸念はすぐに現実となった。

出入り口は施錠がされており防犯カメラも設置されているが、どうやら田代は給食の配膳用の業者出入り口から抜け出たらしい。自前のスエットに着替えての脱出だから戻りたくない田代の意思がうかがわれる。直ちに警察にも捜索願届が出された。デューティ以外の職員は手分けして捜索に向かった。

ドクターシグマもすぐに対応した。

「田代さんの行動が心配ですから、探しに行きます」

「ドクターシグマは治療院敷地外での行動は禁止されているから行かなくていい」

木村はシグマに伝えた。

「でも田代さんの位置を正確に知ることが出来るのはわたしですから。それに病院の車を使用しますから」

「たしかにＡＩだからその判断は正しい。じゃあ特別に許可するから、施設の自動運転の車に乗って捜索に協力してくれ」

木村は田代の逃亡が自殺や踏切事故などの不測の事態を招くことを心配していた。

シグマの捜索は適確だった。自動運転の車に田代の位置情報のデータを入れる。

意外と療育院からそう遠く離れていない児童公園のベンチにうずくまるように田代は座っていた。どうしてここに辿りついたのか田代は自分でもわからない。

田代は小さな声でブツブツ呪文のように唱えている。ひとり言なのだがそれは唄っているようにも聞こえた。

その時、たむろしていた十四、五歳くらいの三人組の少年たちが、田代が座っているベンチを取り囲んだ。周囲には誰もいない。先ほどまでベンチでタバコを吸っていたらしい。ベンチを独占している田代の存在がじゃまになった。

足元に捨てられているタバコの吸い殻に気づいた田代が毒づいた。

「悪がきが、わしに何の用だ」

この一言が彼らの行動に火をつけた。

「死にそこないが……。年寄りが長生きしていることが今の日本では老害なんだよ」

「…………」

老人には迫りくる危険から身を守る術はない。

シグマのナビ機能で自動運転していた車が公園の入り口に到着した。車の扉が開くと走れないシグマが足を引きずるようにして田代がいる公園のベンチに駆けつけてきた。

「田代さん、ここにいらしたのですか。さあ皆が心配していますから帰りましょう」

少年の一人は驚いた眼で白衣を着たドクターシグマをまじまじと見た。

「何だ、お前はこの年寄りの仲間か」

シグマは彼らの問いかけを無視した。

「こいつは、しゃべれるロボットだぜ」

もう一人の少年はロボットが自分たちに危害を加えないことを知ると、途端に狂暴になった。

「俺たちのフォースの力を見せてやれ」

まるでスターウォーズの戦士になった気分ではやし立て、少年たちは手に持っている金属バットを振りかざす。

シグマがとっさに叫んだ。

「止めなさい。暴力では何も解決にはなりません。高齢者を思いやる気持ちを持ってください」

「こいつ、俺たちに文句たれてるぞ！　生意気なロボットだ。ブッ叩いてやる」

そしてシグマに金属バットで殴りかかる。集団リンチが始まった。暴力に対する防御のシステムはドクターシグマには備わっていない。

かばおうとした右腕がバキッと鈍い音がして壊れた。

その時、見るにみかねた田代が小柄なシグマに抱きついてかばった。とっさの行動だった。

「止めてくれ。わしの仲間にひどいことをするな」

「仲間だ？　このロボットもボケの仲間で、ボケロボットなんだ」

少年たちは声を出して笑った。危害を加えることに抵抗がなくなった少年は、ふたたび金属バットを振り下ろした。刹那、その一撃がシグマをかばおうとした老人の頭部を直撃した。

頭部に鈍い衝撃音がした。田代は崩れるようにその場に倒れ込んだ。頭がい骨陥没骨折でシグマの顔の上にも血飛沫がこびりつく。シグマも殴られたはずみに、ＡＩが破損して会話は不能になった。

「やばい、やっちゃった。逃げよう」

老人への危害は想定外だった。田代の頭から血が流れ出すのを見た少年たちは、蜘蛛の子を散らすような勢いで公園から逃げ去って行く。

一瞬の出来事だった。無線で知らされ駆けつけてきた警察車両の赤色灯が無気味に公園を照らし出している。

若い森永医師や中村たちが駆けつけた時には、ブルーシートで覆われたドクターシグマが破壊された姿で横たわっていた。すでに田代は先に救急車で病院に搬送されていた。その時、警察車両に無線が入った。田代が病院で死亡と確認されたという連絡だった。そっと森永がブルーシートを持ち上げると、精密機械の破片と共にドクターシグマの白衣にはおびただしい田代の血糊がこびりついていた。

飛び散った壊れた破片を拾い集める中村だったが、田代がシグマをかばおうとした行動は、ドクターシグマを機械ではなく、むしろヒトとして受け入れていたからだと思った。

「なんてひどいことをするのだ」

中村はＡＩロボットとはいえ、その姿があまりにも残酷で声がでなかった。

第三章
認知症回復プログラム会議

夏の暑さが峠を越し、玄関先のエントランスに陣取っている大きな楓の葉が色づき始め秋の到来を告げている。それはやがて赤色に染められ紅葉となり、現世との別れを告げるかのように舞い落ちる。近年、それは劇的な早さで変化するようになった。ここ十年の気候変動により、秋の季節をゆっくり迎える余裕が見られないのである。

医療法人財団 月島認知症治療院ではいつもと違って職員に緊張感が漂っていた。

十月末までに厚労省に認知症回復プログラムの結果報告書を提出しなければならない

からだ。今日の会議には、施設長の木村院長の他に鶴島グループの古田勝則理事長をはじめ、普段では見たこともない理事や非常勤役員が続々と施設に到着していた。

理由は簡単だ。認知症回復を謳った施設であるので、二年続けて成果が出なければ次年度には国からの助成金がカットされるからだ。

古田理事長は木村院長の部屋にいた。理事会を前に、新たな試みであるＡＩロボットが、実際の認知症患者の回復プログラムの臨床経験から何を学び、その結果としてどのような対策を取ろうとしているのかが知りたかった。特に認知症患者の惨殺事件だけでなく、暴力で破壊されたドクターシグマの影響も少なくないはずだ。

出されたお茶を口に含みながら古田理事長は切り出した。

「木村院長がＡＩロボット認知症回復プログラムの中で、最近になって特に気になるところを聞かせて欲しい」

古田理事長の質問の意図が木村には理解できた。

「カテゴリー分類を数値化で正しく表すことがいちばん難しいとの意見でした」

「ＡＩロボットとはいえ相手が認知症患者だからね……」

「質問への回答が日によってぶれることが、いちばんの問題点だとも」

「さすがにＡＩロボットも正確なカテゴリー分類には手を焼いていることだろう」

「そうですね。患者側の対応が、いい加減になりがちだからです」

「認知症というより、それはヒトとしての特性かも知れない」

「理事長、『ヒューマンイズミステイク』という言葉を思い出されます」

「それはむしろ『ヒューマンイズプアー』じゃないか」

脳科学の権威でもある古田の鋭い指摘に木村は黙ってうなずいた。


患者の通常の昼食デューティ業務が終わった午後の一時から会議は始まった。

座長役の木村が古田の指示を受けて立ち上がった。緊張感が部屋を包み込む。木村が会議の開始を伝える。不思議な光景だが、この会議には主役のＡＩロボットも白衣を着て参加していた。しかしその姿形は似てはいるがドクターシグマではない。田代事件での破損が激しく復帰の見通しは立っていない。代わりのドクターロボットが新たに月島治療院に派遣され『オメガ』と命名されていた。

前任のドクターシグマが月島認知症治療院で蓄積した認知症回復プログラムの重要なデータを、可能な限りオメガのＡＩ脳機能に移し替えたのである。しかし、この治療院にシグマが復帰してくるかは、今のところ未定である。

議事録を起こすため録音機のスイッチが入れられた。

「ではまず今年度の認知症回復プログラムの結果報告を、臨床認知症療法士の中村君から報告してもらいます」

木村の指示で臨床認知症療法士の中村が、用意していたスライドを正面のスクリーンに映し出す。それはカテゴリーに分類された認知症回復プログラムの評価判定のグラフであった。

ＡＩロボットを意識した中村が緊張しているのが伝わってくる。

「まずは①認知判断力　②見当識障害　③失計算力　④現象理解力　そして⑤行動維持力などの五つの項目について判定基準に基づいて説明します。まず結果グラフをお示しします」

映し出された判定基準の推移を示すプロットグラフは、必ずしもカテゴリー回復プログラムの臨床的有意差を示してはいなかった。

そのグラフを見ていた古田理事長がすぐに声をあげた。

「ＳＤ（スタンダードディビエーション）が大き過ぎやしないか」

「ここの施設の認知症患者全員のデータの分析結果ですから……」

「有意差検定での評価の高い群を選んでさらに分析したらどうかね」

中村はとっさに新人とはいえオメガに同意を求めた。オメガの発言は上下関係も、何も気にするものではないからだ。

ゆっくりとした口調でオメガが意見を述べる。

「SDを意図的に変えるとデータの改ざんになり違法になります」

ロボットからの指摘に、眉をしかめて古田はオメガに強い口調で言い放った。

「そうじゃない。オメガ君、改ざんではなく事実をもっと正確に分析する必要があるだろう。AIだからといって、何でもかんでもデータを集計して計算することが正しい評価の表し方ではない。その中にはプログラムに参加した回数やプログラムをこなした時間などは考慮されていないだろう」

オメガがさらに発言しようとするのを木村が抑えた。慌てて中村が追加発言する。

「入所の期間、性差、年齢などもグループに分けて検討しています。プログラムの履行は週に二回以上が重要なポイントですから、期間は一カ月ごとに区切って新たに有意差検定をしてみます」

古田理事長がさらに指摘する。古田理事長の中にはＡＩロボットを圧倒する理論が詰まっているようだ。

「まずはすべてをプロットで表示してみなさい。そこで条件を週に一回以下、二回から三回、四回以上の群に分けてグラフにする。極端に外れているプロットは消去する前に、何故その位置なのかを個別に再検討する」

中村には有意差を強調するためにグラフを作りかえるようで、やはり抵抗があった。しかしあえてそれ以上声には出さなかった。

スライド原稿は次々と映し出されたが、そのつど質問が理事長から出た。この施設で学習してきたドクターシグマがいないことが、データの解析にも影響を及ぼしているのかもしれない。木村はそう考えていた。

スライドが終了した直後、ふたたび古田理事長が口を開いた。

「それでは解析が甘いな……。いいか、なにも助成金が欲しいからデータを書き直そうとするんじゃない。真面目に二十回必死になって努力している患者と、嫌いだったり二回しか参加していない患者を同じ土俵にあげるのはどうかと言っているんだ」

理事長の発言にオメガが少し首を傾げた。めずらしい光景だ。迷っているのは理事長の土俵という言葉だった。　相撲の土俵と認知症回復プログラムの関連が、すぐには理解できなかったのだろう。

すぐさま中村が手を上げた。

「理事長、その患者さんのやる気度をデータにどう反映させるのですか」

緊迫した雰囲気に、慌てて木村が立ち上がって補足する。

「プログラムに参加しよう、頑張ろうという意欲はプログラムに参加するその時に簡単なアンケートでやる気度をチェックして数値化に落とすことじゃないか。それに一番大切なことは、結果として患者が認知症回復効果を感じている、あるいは、これからも期待して回復療法に満足しているかが問題だと思う」

「たしかにそれは、これからのやる気にもつながりますしね」

木村のアドバイスに中村が同調した。しかし木村はそう言ったものの数値化は簡単ではないことは当然理解していた。

介護士や看護師の中には、認知症回復プログラムに対する現状の厳しさに、現場では否定的な意見も数多くあったが、そのことについては、理事長の前で誰も手を上げて意見を言うことはなかった。

「とにかくもう一度データの見直しと、それに現状の詳細な分析を試みてくれ。国への提出期限までには我々サイドでも何回かの分析結果に対する検証が必要だからね。今後監査があっても不正のないように宜しく頼むよ」

そう言って古田理事長は離席した。この厳しい意見は、参与として参加する厚労省の認知症対策会議に呼ばれているからでもある。

会議はこれで終わりではなかった。理事長や非常勤役員たちが離席したことを受け、やっと緊張が溶けたのか現場の介護士や看護師からも意見が述べられた。

「正直に言って、前任者のドクターシグマはＡＩロボットとしては優秀なのかもしれませんが、必ずしも認知症の患者側からの評価は高くありません。今はドクターオメガに代わっていますが、ＡＩロボットに関しては同様の傾向がみられます」

和泉看護師長からの意見だった。

「認知症患者自身がＡＩのドクターロボットを正しく認識していないことも大きな問題でしょう。比較するのもなんだが、ドクターシグマは今のオメガと同じ程度の評価でしたか」

木村が和泉に訊ねた。

「いいえ、認知症患者と対面したドクターシグマの方が、患者に対する対応が丁寧だったように見えます」

看護師の立場は、また違った角度から評価を行っている点を示しているのがわかる。

木村が質問した。

「見分けがつかない同じようなＡＩのドクターロボットでもやはり個性が生まれるのですね」

周囲が反応したのか、ざわついた雰囲気になった。

「当然、学習によって異なっていく……。それはあると思います」

木村の意見に普段から多くの患者に接している介護士たちの感想だ。

「それはどういったことでわかるのですか？」

今度は中村が聞き返す。

「慣れてくると認知症の患者は、ドクターロボットによる回復プログラムの訓練を拒むことが多くなります。その時のロボットの対応の仕方が違います」

「前任のドクターシグマは学習した結果、回復プログラムに出される患者のとんちんかんな答えにも実に我慢強く対応していました。それがドクターオメガに代わると訓練そのものを患者が嫌がるようになったと報告しています」

「それは何故なのでしょうか」

和泉の問いに木村が答える。

「それはオメガの経験による、認知症患者に対する思い遣りの問題ではないですか」

「思い遣り……。先生、ＡＩロボットの感情までは我々にはわかりません」

和泉が答える。

木村は今のオメガに対する非難だけに集中することは避けたかった。このモデルケースとしての取り組みは、日本の認知症回復プログラムの将来がかかっているからだ。

和泉がオメガの前で本音を言葉にした。

「最初の内はドクターロボットも協力をしますが、回復プログラムは皆さまもご存じのように訓練はつらく苦しいものです。特にカテゴリーⅢ以上になると維持力というか気力が落ちてきます。それを、認知症患者を優しくなだめながら褒めちぎって継続させることなんて、新しく着任したドクターオメガには無理だと思います」

名指しされたオメガは黙ったまま みんなの意見を集約していた。ヒトとの考え方に距離があった。特に認知症患者からの信頼は、ヒトでも簡単に得られるものではない。とりわけ認知症患者個別の性格の把握は困難である。そのことはすでに学習している。認知症療育現場での意見は厳しかった。臨床認知症療法士の中村も常々そうは思っていたが、絶対的な介護の人手不足がある以上、ドクターロボットやヘルパーロボットとの共存は今後の課題であり、それを受け入れるためにはヒト側での乗り越えなければならない大きな壁があった。

会議では木村からの提案による、海馬に対する求心性神経経路の新たな脳機能賦活プログラムとしての温熱知覚刺激試験が取り入れられることが了承された。

三時間が過ぎてようやく会議が終了した。

介護の世界で生きてきた介護士の菅野芳江が七十三歳で退職することになった。七十歳からは一年ごとの契約社員で働いてきたが、体力的に限界を感じたからである。

現場の仲間が集まって、施設近くの焼き鳥『百屋』で送別会が開かれた。そこにはオメガの姿はない。

「いくらロボットが学習しても、飲み会に参加するほど進化していないから……」

中村のジョークに笑いの渦が起こった。AIロボットがいないことで、ヒトは何故かホッとするらしい。常に答えを正解に導く鋭い眼差しを感じているからだ。もちろんAIロボットオメガにはそんな酒の席に参加することはない。コミュニケーションの一環としても誘われることもない。

「中村さん、ロボットが酒を呑んで酔っ払ったら怖いよ」

集まった仲間は笑いながらうんうんとうなずく。

「そこなのよね、問題は。介護ヘルパーロボットといっても寝たきりの患者のお尻は拭けないもの……。オムツだってお漏らしや臭いを感知してヘルパーロボットが代わりのオムツを運んでくれても、上手にオムツやパンツを穿きかえさせられない。ヒトの手に代わるなんてロボットがどんなに進化しても絶対出来ないわよ」

退職する菅野が、そのヒトの対応に勝るものがないことを強調した。

「だからといって尿道や時にはお尻まで管を入れられ、シモを管理される姿はヒトのあるべき最期じゃない。ゆりかごから墓場までオムツで始まってオムツで終わるのが自然の姿でしょう」

「オムツで始まるのはいいけれど、オムツを履いたままで終わるのは嫌だわね」

眼鏡をかけなおした後輩のベテラン介護士の木島が同調する。

「まあまあ、今日は菅野さんの送別会なのだから、ムツの愚痴は後にして乾杯しましょう」

看護師長の和泉の音頭でスタッフの介護士や看護師、それに介護助手……。集まった八人がビールの入ったグラスを持ち上げた。

ネギマ、ぼんじり、手羽先、つくね……。次々と名物の焼き鳥料理が狭いテーブルに運び込まれる。ビールは日本酒へと切り替わっていた。程良い気分に職員の舌も滑らかになっていく。

「認知症介護の現場に携わっていると、ほんと長生きしたくない……」

突然、菅野が心の内を吐露した。

「政府は百歳の生き方改革を打ち出しているけれどね……。今や六五歳以上の四人に一人は認知症だとテレビでも取り上げていたわ」

「木島さん、長生きは長さじゃなくって深さだわよね」

「きれいごと言ったって、年金だけでは食べていけない。お金がなくてこれから先を、どう暮らしていくの」

菅野の愚痴に、一瞬みんなの会話が止まった。

後輩の介護士の川上が心配そうに菅野を覗き込む。

暗くなりかけた雰囲気を気遣った菅野が未来を語る。

「少し身体を休めたら、四国のお遍路の旅に行ってみようと思っているの」

「菅野さん、それはいいアイデアね。私もここを辞めたら巡礼の旅に出ようかしら」

「川上さんはまだ子供を立派に育てる義務があるじゃない」

「そうね。ますます子供の教育費にお金もかかるから、仕事は止められない」

「菅野さんは、巡礼の後はどうするつもりなの」

そこまで考えていなかった菅野が困った顔をした。

「独り身の私なんかすぐに生活保護になってしまうわ」

和泉の呟きに、また仲間からの悲鳴の声が上がった。

「こんな仕事をしていると、ほんと、ピンピンころりが、理想の死に方ね」

ヒトの最期を看取っている仕事に携わっているからこそ、参加者のほとんどがそう願っているのかもしれない。

「そんなにうまくいくわけがないじゃない。最後は認知症になって、寝たきりでオムツの生活が待っているだけじゃない」

「またオムツの話……。師長さん、そんな夢も希望もない言い方は止めて下さい」

出席者の中でいちばん若い事務職の藤田が言う。

「そうかもしれないけれど。お迎えはいつ来るかはわからないでしょう。今はとにかく考えないで呑みましょう」

川上が言い張った。顔はほどよく赤みがさしている。

「そりゃあなた方はまだ若いからね」

「何とかならないのかしらね。私たちの働いている治療院は高くて、私には入れてもらえるお金もないし……。独り暮らしじゃ誰もみてくれないから。尊厳死で楽に逝きたいわ」

菅野の発言はネガティブだった。

「そうね。尊厳死といっても、日時と方法だけは、決めるのは自分で選択したい」

「菅野さん、日本ではまだ国会で議論はされていても、法律で決まっていないから、楽に死ねない」

口を挟んだのは木島だった。

「それこそドクターロボットに頼んでみたら安楽死させてくれるかも……」

「まともに頼んだら答えはノーに決まっている。まあ断られるわね」

口にこそ出さなかったが、木島も頭の中では考えていたことかもしれない。認知症に限らず多くの介護の施設では、意識もなく呼びかけにも応じられない寝たきり患者が、自力で食事が取れなくなると鼻から胃に直接、管を通し栄養を補給する……。ときにはＩＶＨ、高カロリー補液を鎖骨下静脈などから持続的に流し込む。あるいは胃瘻を作る……。そうしてでも生かせるかどうかは医者の判断でもないし、意思表示が出来なくなった本人でもなく、むしろ家族の意向に委ねられている。本人が終末医療を拒否していても、必ずしも希望通りにはいかないことも多い。年金の受給や相続の問題が絡むからだ。

「私たちの口から、それは無駄だなんて絶対に言えないからね」

こんどは菅野が木島に問いかけた。

「ところで木島さんはドクターロボットと共存して働いているけれど、今回派遣されているオメガとはうまくやっているの」

「ああ。相手が機械だと思えばいいんだよ。オメガは派遣されたばかりだから対応がぎこちないけれど」

　木島はそう言いながら冷酒に口を付けた。

「以前、壊されたシグマはどうだったの」

　菅野が答える前に中村が口を挟んだ。

「同じような姿をしていても、反応はシグマとは違うことだけはわかる。具体的にはうまくは説明できないけれど、シグマの蓄積されたプログラムを引き継いでいるらしいから、オメガはゼロからの出発ではないのは確かにわかる。でも患者さんによっては記憶が曖昧なこともあるよ」

　中村が得意分野とばかりに説明する。

「それはあれだけひどく壊されたのだから……」

「ドクターロボットってよく知らなかったけれど、ＡＩは個性と言うか経験を積むことで対応も変わっていく。学習できる能力は想像以上だわ。怖いぐらい……」

　師長の和泉が眉をしかめた。それを見た中村が口をはさむ。

「経験を積むと患者に対する接し方も変わる。相手の性格を読み取れるようにコントロールされているんだ」

「どういうこと」

川上が中村に尋ねた。

「ＡＩロボットだから、ヒトのようにミスはしない。確かに優秀なことは認める。しかしヒトのように臨機応変に対応は出来ない。前任リタイヤしたシグマなんか、田代さんが少年に襲われた時、シグマが田代さんを守ったんじゃなく、田代さんがシグマをかばって殴られたらしい……」

「なんだか胸が詰まる話よね」

「ドクターロボットはヒトに危害は加えないから、やられっぱなしだった」

中村の話を聞いていた菅野がポツリと言った。

「ドクターオメガも、シグマのようにこれから経験して学習すれば、もっと進化していくかしら」

中村がロボットの気持ちを代弁する。

「そのとおりだよ。たぶん想像以上に驚くよ。その変わりようは」

中村にとっても実際には未知の分野だった。

「ＡＩロボットって実体験を学習すれば成長するのね。そうするとロボットも強くなり、個性が生まれる」

「映画のロボコップみたいになるのかしら」

菅野が映画を思い出したのか、すぐに言い返した。

「それはありえない。あくまでも映画の世界であって悪人を倒すわけじゃないから」

「認知症は善悪で言うと悪でないことは確かね……。でも自分にとっては善でもない」

「たとえ認知症から出た行動でも、善悪の判断で決めるものではないと思うの……」

その菅野との会話を聞いていた和泉が話の矛先を変えた。

「でも認知症回復プログラムの成果を、ドクターロボットに出させるわたしたちの役割はもっと大変だ」

ドクターロボットの成果は直ちに治療院の評価につながる。それを知っての木島の意見だった。

「時にわれわれは縁の下の力持ちみたいなものだからね……」

中村も自分の療法士としての役割を強調する。川上は少し残っていた一升瓶の日本酒を中村のコップに注いだ。

中村が酔いも手伝って、大きな声をあげた。

「ＡＩロボットと、ヒトとの大きな違いはどこだかわかりますか」

「ヒトと違ってミスがないことでしょう」

和泉が中村の質問に答えた。

「それはそうだけど、ドクターロボットでもできないことは……。それはＡＩロボットには空気が読めないことだ」

みんなの会話が止まった。コップに添えた手だけは動いている。

「確かにそうだわね」

自信を持った中村の言葉に、それぞれが何かを思い出したようにうなずき納得した。

「認知力判断の中でも食生活における追憶の訓練なんか、療法士と違って実に詳しく正しく記憶しているからかなわない」

「そりゃＰＣ画像で記憶しているから当然でしょう」

「師長さん、それはわかっているんだけれど」

中村の臨床認知症療法士としてロボットに対抗しようとする理由が、少し分かりかけてきた。

「それにロボットは根気よく忍耐強く続けるからいいけれど、われわれの方はしつこいと患者に嫌われることもよくあるからね。失計算力なんて何度やっても患者は計算を間違えてしまう」

「間違えたことを指摘すると焦ってまた間違う……」

「それはカテゴリーⅢの患者さんが多いでしょう」

川上が合いの手を入れた。

「俺たちは時間がかかりすぎて待てないが、シグマは決して諦めなかった。意地悪をされても決してイラついた態度はとらなかったから感心したよ」

「じゃあ将来は中村さんの仕事はＡＩロボットにとって代わるの」

心配そうに若い藤田が質問した。

「いや、そう簡単にいかないのが認知症の領域だよ。特にロボットだと患者がわがままになって、いずれはロボットのいうことをきかなくなる」

「それがヒトだと、しばらくするとまたプログラムを再開できる」

「それは認知症以前の、順応できるヒトの対応能力でしょう。ヒトに対する好き嫌いもあるし」

和泉が答えた。

宴もたけなわになった頃を見計らって、女の子の店員が注文を取りにきた。締めの茶そばか鮭セイロ飯だった。中村が手を上げさせ人数を確認する。

冷酒の一升瓶がすでに二本空いていた。しばらくして二個の茶そばと六個の鮭のセイロ飯が運ばれてきた。

「食欲だけは衰えないわね……」

川上の反応に答えるように藤田は旨そうに熱々の鮭セイロ飯を口に入れた。しかし、みんなの視線を感じたのか藤田が慌ててセイロ飯をテーブルに戻した。

その姿をみた中村がからかった。

「藤田君、食べられなくなったら終わりだよ。旨いと感じたら遠慮なくいっぱい食べる。腹がくちくなって、胃から幸せを感じるんだ」

「ダイエットの方が心配です……」

中村が得意そうに続ける。

「ひもじいという言葉は日本ではほとんど死語になってしまったが、それでも三人に二人は『がん』にかかっても、治って長生きをする時代……。統計的には『がん』の死亡率は相変わらず一位だが、がんを克服しても次には『認知症』が待ち受けている。だから食べられるときは思い切り旨い物を美味いと思って食べる。それが僕の哲学さ」

　菅野が声を落として言葉に出した。

「哲学よりも最期は『がん』か、『認知症』のいずれかの選択なのね……」

「いや『がん』も早期発見で治療できるし、新しい治療法も次々と開発されているからね。今は最後の砦は心不全問題だ。認知症だって頑張って努力すれば回復しますよ」

「何だか中村さんがわかったようなことを言っている。きっとドクターオメガに感化されたのでしょう」

　笑いが巻き起こり、無事に『百屋』での送別会は終了した。

第四章
精神科領域における認知症

十二月の年の瀬が押し迫った頃、金城博が月島認知症治療院の個室に入所してきた。古田理事長の紹介で、気難しそうな七十六歳になる男性だった。この治療院の入院患者としては若年層であり、まだ職業も弁護士としてリタイヤしたわけではなかった。しかし何か彼の中では仕事の能力に不安を感じたのかもしれない。本人には認知症の自覚はまったくない。記憶力の低下は歳のせいと考えているようだった。

さっそく木村はドクターオメガに認知症のカテゴリー分類を依頼する。金城にとってはロボットによる診断の方が、抵抗がなかったからである。

認知症のカテゴリーの判定基準を①認知判断力　②見当識障害　③失計算力　④現象理解力　⑤行動維持力などの五項目に従って入力する。オメガは淡々と質問を繰り返し行い、詳細なデータを入力していった。

木村はドクターオメガの正確な判定評価を期待していた。

しばらくして出されたドクターオメガからの結果報告は、カテゴリー判定の数値は一応Ⅲａであるものの、回答の曖昧さや解答までに時間がかかりすぎ、しかも回答に対する言い方や態度などの性格的な問題があるとの報告だった。オメガの考えでは経年変化からくる脳梗塞や脳血管障害などによる影響ではないとの解析だった。正確に判断すると認知症のカテゴリー判定には当てはまらないとのことである。

時を同じくして、古田の紹介で医科大学を今年定年退職した伊藤元教授が治療院に常勤で勤務することになった。株式会社メディカルヒューチャーの相談役でありＡＩロボットの会議にも度々出席している。役職は副院長であるが、臨床医の経験はなく専門は臨床生理学である。

認知症を臨床生理学の分野からアプローチすることも、認知症の改善の方法には必要なことかも知れないと考えた古田理事長の推薦らしいが、実際には古田の卒業した大学のヨット部の後輩なのである。臨床医としての経験のない医師の再就職は難しかった。しかしその一方、認知症に取り組む医師の数は少なく、また認知症が経年変化と考え、治療の困難さや不可逆的な脳機能が改善を妨げていることも事実である。

今月に入ってさらに脳外科医である上杉幸太郎が月島認知症治療院に就職してきた。優秀な脳外科医であったが、交通事故によって右手の機能に障害が残り、脳外科手術を断念せざるを得なくなった。上杉は医局を退職して月島認知症治療院にやってきたのだ。その上杉が最初に診察したのが金城だった。

入院から一週間が経ち、金城博の認知症のカテゴリーⅢａ判定の検討会議が開かれた。木村院長をはじめ、新任の伊藤副院長、金城の診断に立ち合った上杉医師、整形外科の水野医師、和泉看護師長、中村臨床認知症療法士、川上介護主任そしてドクターオメガらがミーティングルームに集まった。

金城博の検討会が始まった。

ドクターオメガが確実ではないと言って提出した認知症判定Ⅲａに対して、認知症回復プログラムではさらに詳しく①認知判断力　②見当識障害　③失計算力　④現象理解力　⑤行動維持力、それに今回から新たに加わった⑥回復治癒力などの項目を数値化したうえで回復プログラムに入力されていた。まず第一回目は、その結果に沿って訓練が始まる。そして三カ月ごとにまた新しい認知症回復プログラムが作成される。

木村が立ち上がった。

「さっそく金城博さんの、認知症回復プログラムの計画表を作成するにあたって、それぞれの専門分野の立場から率直な意見やご討議をお願いします」

木村の指示を受け最初に立ち上がったのは中村だった。

「左右脳機能の賦活を考え、金城さんにジャンケンのストレッチを勧めてみたのですが……。なかなかうまくいきませんでした」

中村は口ごもった。

「もちろん簡単には出来ないことはわかっていたのですが、嫌がってというより、適当にちゃかして素直に応じてくれないのです」

「それはジャンケンでも、どのレベルですか」

すぐに木村が質問した。中村が答える。

「レベルⅡの段階でつまずいてしまったら、その後は素直にチャレンジしてくれないのです」

　中村に今度は川上が質問した。

「左右の手でのジャンケンでつまずいていては、瞬時に行う口を加えた左右の手との三者のジャンケンは、難しくて出来ないでしょう」

「ええ。とてもそこまで辿り着きません」

　答える中村もトーンダウンしている。

「さらに一定のリズム、たとえばグー、チョキ、パーの順番が決められているときはまだいいのですが、何が出るかわからない指示には、瞬時に答える対応はもっと出来ないと思います」

　木村に向かってうなずきながら中村がさらに答えた。

「そのとおりです。ゆっくりでもいいからと勧めても、根気よく続けてやろうとする気持ちがないのか、プログラムの中でも、ジャンケンそのものの行動を馬鹿にした態度で、全く応じてくれません」

　副院長の伊藤は黙ったまま聞いていたが、自分から意見を言うことはなかった。

師長の和泉が口を挟んだ。

「それは弁護士でなくても、高学歴の方にはよく見られることじゃないですか」

中村が少し困った表情をした。

「ところがそれだけではないのです。ジャンケンだけじゃなく、三日前の食事に対する追憶の訓練でも答えが支離滅裂なのです」

中村が回復プログラムに苦労しているのがよくわかる。

「それは、わざと出来ないことをごまかしたいからじゃないですか。それでもカテゴリーはⅢａですか」

食事を担当している川上の意見に、すぐさま中村がオメガの方を向いた。

「サポートしているドクターオメガの意見はどうですか」

中村は敢えてドクターオメガに質問をぶつけた。

オメガが答えた。

「食事メニューは画像でキープしてありますから、ＰＣで画像を呼び出し、メニューを確認しながら、ゆっくりと答えを導き出そうとしましたが、結果は芳しくありませんでした」

(芳しくないという言葉を使えるのだ) 木村は腕組みをしたまま黙って聞いていた。

突然、上杉が右腕をかばうようにして左腕をあげた。

「僕が診察した限り、彼は動脈硬化からくる認知症ではなく、MCIではないかと疑っています」

「MCIってなんですか」

和泉が質問する。

「アルツハイマー予備軍ですよ……」

かつての脳外科専門医の意見に、皆の眼が集中する。

「臨床病理学的見地から考えると、脳梗塞や脳出血などの脳血管障害、それにアルツハイマー病、レビー小体型認知症、パーキンソン病、さらには精神神経疾患。これにはうつ病や統合失調症なども含まれます」

専門医の存在感を示すように上杉は病態を詳しく説明した。

「なるほど。認知症を発症する原因や誘因は数多く報告されているから、これからは認知症発症のメカニズムについての研究が主流になることはわかるが、しかしそれらは大学や研究機関に任せて、われわれは認知症の病態としての回復プログラムの実行がまず重要課題だからね」

木村院長のサポートで、総論から各論に議題が移った。

「対応能力に問題がある場合、出来るだけ簡単なプログラムから始めて進捗状態を確認しないと、金城さんのリハビリは長続きしないと思います」

中村の意見だった。

「ヒトで難しいのなら、いっそドクターオメガにプログラムの実行計画のすべてを任せた方がいいのでは」

苦笑いを浮かべながら上杉が提案した。ＡＩロボットの医療への参加に懐疑的な考え方が言葉の端に見え隠れする。

「それはいいアイデアかもしれないね」

木村がわざと同意する意見を言った。

金城の態度にはお手上げのスタッフから溜め息が漏れた。

「金城さんは、これからもおとなしく認知症回復プログラムのリハビリを続け、当施設で入院治療を望まれるでしょうか」

上杉医師が皮肉めいた言葉を木村に投げかけた。

「少し筋トレからでも始めてはいかがですか」

整形外科医らしい水野の意見だった。

「筋トレも必要だとは思うが、認知症回復プログラムに興味を持って入所してきたのだから、認知症に対するある程度の病識はあると考えられる。しかしアルツハイマー病ならば、病態が異なるのでプログラムをこなすことも難しいのではないか……。しかし、彼の心の中の葛藤までは理解できない」

木村は古田理事長の紹介もあって、何とかみんなの考え方をまとめて、この施設で金城の成果をあげたかった。

上杉は、それに対しても否定的な考え方だった。

「彼がもしアルツハイマー病であれば、病態の根本にある滅裂思考はいずれ時間が経つと悪化し、人格の崩壊を引き起こしますから、ここでの治療ではなく精神科の病院が適切だと思いますが……」

木村が思わず感情をあらわにした。

「上杉先生、それは言い過ぎだと思うが……。とりあえずここに助けを求めてきたのですから、ここでやれることを頑張ってやるしかないでしょう」

上杉は金城の病状を認知症ではなく、別の精神疾患と決めつけているようだった。

「わかりました。ではオメガ君のお手並み拝見とします」

上杉は事態の状況を判断すると、さらに言い返すことを止めて引き下がった。

ジャンケンの訓練に対して、馬鹿にしているのではなく簡単には出来ないことが金城にとってはとても抵抗があったのだろう。バカバカしいことでも、それが出来ないのはやはりストレスになっているのである。もしＭＣＩであれば、これからの金城の病状の進行を木村自身も懸念していた。


認知症回復プログラムの実行はドクターオメガが担当することになった。

ＰＣタブレットを小脇に抱えたオメガが、外からはガラス張りになっている個室のリハビリルームに入っていく。後からメタボのお腹をゆすりながら金城が少し前かがみになって続く。最先端の認知症治療院施設においても、患者がロボットに連れられて歩く姿はまるでＳＦ映画のような異次元の光景だ。

部屋に入ると二人は向かい合って腰かけた。これは初めてのことではない。認知症のカテゴリー分類の時にオメガは担当していたのだが、ドクターオメガが金城に信頼を得ることはなかった。

「金城先生、今回も担当しますドクターロボットのオメガです。よろしくお願いします」

「また君か……。はあ、まあ……。よろしく」

金城は眼鏡を外し、机の上に置いてオメガをまじまじと見つめなおした。いつの間に先生と呼ぶことを覚えたのだろう。誰かに命じられたのだろうか……。さらにオメガは金城が抵抗するジャンケンの動画を見て学習していた。

「では先生、今回は最初に追憶のリハビリを始めます。三日前すなわち月曜日の夕ご飯の献立を覚えていらっしゃいますか」

金城は何が起こるのか不思議なのだろう。腕組みをしたまま、しばらくは黙って考え込んでいる。

「煮込みハンバーグと温野菜……」

金城はオメガの反応を見て違っていると感じた。慌てて記憶を遡る。

「いやまてよ。煮込みハンバーグは火曜日だった。月曜日はサバの塩焼きと、出し巻卵、ひじきの煮つけ、えっと……。あとはみそ汁だった」

「そのとおりです。ところでみそ汁の具は何だったでしょう」

「………」

金城はちょっと困った顔をした。唇を「への字」に結んだまま、また黙りこんだ。

時間をかけずに、オメガが先に答える。

「わかめと豆腐です」

「そうそう、わかめだった。それに小さく刻んだ豆腐が入っていただろう」

思い出したことに得意になったのか、急に会話が弾んだ。

「よく覚えてらっしゃいますね。それではここで、その具材の味を思い出していただきたいのですが」

オメガは、ほめることも忘れなかった。

「味って、みそ汁は薄い赤だしのことかい……」

ドクターオメガには表情が出ないから、上瞼とジェスチャーで表現する。金城も面白がってそれを観察していた。

「そうです。次にはサバ塩を、お箸で身をほぐして口に入れ、噛んだ時の味をイメージして下さい」

金城は言われた通り、黙って目をつむってサバの味を追憶する。

「美味しかったですか」

「ああ、ほとんど残さず食べたと思う」

オメガは急に声質を変えて金城に質問した。声質が変わることは話の内容の抑揚につながる。

「先生は、サバは苦手なのですか」

「どうしてそんなことを聞くのだ」

オメガはPCタブレットで金城が食べ残したサバの画像を示した。そこにはサバの血合だけでなく身の方も食べ残していた。

注意されたと思った金城はムッとした。サバ塩の塩味が強すぎて残したからだ。しかし本当は忘れているが、自分でサバに醤油をかけ過ぎたことが原因であった。味覚鈍磨も認知機能の低下のひとつである。

突然、金城は逆にオメガに質問する。目先の質問から遠ざけるためである。

「どうしてこんなことが認知症の改善に役立つのか」

金城は、少しは認知症気味だと自覚しているようだ。オメガは回復プログラムそのものに不信感を持っている金城の心の中を読んでいた。

「このプログラムを継続して頂くと、必ず脳の機能は賦活します」

「君はＡＩロボットだから自信満々なんだ」

「自信なんてありません。ただ記憶を追憶して知識を積み重ねるだけです」

金城はロボットと議論してもかなわないと思った。

「ＡＩ搭載の認知症回復ロボットですから、リハビリによってヒトの脳機能は回復することは実証済なのです。脳機能医学会レベルでもＰＥＴ（ポジトロン）ＣＴで間脳にある海馬が小部位的にも賦活することが知られています」

「また同じことを言っている。理論的にはそうかもしれないが、けっこう大変な作業だな……。しかしほとんどの認知症患者は挫折しないか」

「頑張れば必ず成果が出ますから大丈夫です」

そう言ってオメガは、それからも食事の追憶の質問を続けた。

金城は食事の追憶に飽きたのか、何度も質問をさえぎって話の方向を変えようとする。

「ところでリハビリの入浴時に、二つの洗面器に足を突っ込んで足の指の運動をさせられるが、片方は四〇度、他方は二〇度で冷たいがこれは何のための訓練なんだ」

すぐさまオメガが説明する。金城は自分が納得しないと、プログラムに協力してくれないのを知っているからだ。

「脳の神経の伝わり方には求心性線維と遠心性線維の二通りがあります。すなわち温度知覚を司る知覚神経は求心性、足の親指の運動は遠心性、これは運動神経だから眼で目視して左右足指を片一方は閉じ、他方は目いっぱい広げます。ゆっくり十回繰り返したらバケツを左右取り換えてまたおこないます」

「そういう訓練だったのか……。説明がなかったからやる気がしなくて困ったよ」

オメガは訓練に入る前にきちっと説明をしていた。そのことを金城は忘れている。

「もちろんプログラムの内容に対して、得手のものと不得手のものがありますから、患者さんの興味と能力に合わせて内容も変えていく必要があります」

「それは体力的にもけっこう大変だ」

「項目は約五〇項目もありますから、順次ステージアップしてやっていきましょう」

金城はそこで大きな溜息をついた。

「ここの治療院の訓練は疲れるね……」

「先生は開始をして、まだ一カ月ですが、効果に自覚はありますか」

「実感なんてある訳ないじゃないか。毎日、自己分析してみて、記憶の正確さは劣化していると思われるが、認知症というよりは、やる気が出ないぶん自分は『うつ病』じゃないかと疑っている……」

金城はすでに症状を分析して自己診断を下していた。

「私はＡＩロボットですから、診断については何も申し上げられません。上杉先生に相談なさったらいかがですか」

金城が急に眉をしかめた。

「ここだけの話、あいつは気に入らない。元脳外科医だったのだろう。まるで俺のことを最初から、上から目線で認知症の患者だと決めつけている」

言いたかったことを口に出したことで金城の表情は少し穏やかになった。オメガはそれ以上、上杉医師のことには触れなかった。

「それにしてもＡＩロボットってこんなに優秀なんだ。そのうちに弁護士も会計士も医者もＡＩロボットの時代になるかも知れないね」

「褒めていただいて嬉しいですが、未来にその時代はやってこないと思います」

「えっ、それはなぜそう思うのだ」

オメガの意外な否定的な答えに金城は驚いた。

「ヒトの創造力はＡＩロボット以上の、無限の能力を持っていますから……」

そのような考え方を教わっていたのか、自ら学習した結果なのかはわからないが、金城にとっては意外な答えだった。

「そうかな。これから先は、どんな分野でもＡＩロボットだらけの世界になって、ヒトは過去の時間を記憶にとどめてＡＩロボットとの協調というより、指導の中で生きていく……。そんな世の中じゃないのか」

しばらくオメガは黙ったままであった。

「何も未来を語ることがないように教わっているからだろう。遠慮なく言ってくれよ。ぜひ興味があるから、オメガ君に聞いてみたい」

「ＡＩロボットはヒトの考え方、哲学や化学、数学、医学、歴史に国語力それに道徳など、そして人間の感情も経験則を含め対応できるようにインプットされています。それでも対応が十分でないのは、ヒトは平気で嘘をつくからです。そして、そのうちに嘘が誠を凌駕してしまうのを望む癖もあります。それだけではありません。なぜそのような嘘をつくのか理由が理解できません。嘘を正当化させるため、また新たな嘘を重ねる」

「嘘ね……。確かにオメガ君のいうとおりかもしれない……」

弁護士の金城にとって思い当たる意見だった。

「それだけではありません。なかには気に入らないと相手に暴力をふるって傷つける。あるいは排除する。また、『いじめ』もヒトの本質の中には必ずあります」

「他人の不幸は蜜の味か……」

金城の呟きは聞こえないような小さな声だった。短期間で認知症だけではない。人間性の特性をつかんでいるオメガが少し恐ろしくなっていた。客観的に認知症患者と接することによって、少しでも正しい答えを導こうとするロボットが出した結論だった。

「子供の世界だけじゃありません。『いじめ』という邪悪な快楽は大人になってもヒトの心の中から絶対になくなりません」

「邪悪な快楽ね……。それはヒトの道を究めた僧侶でもか」

金城はオメガをからかってみた。オメガは動じることもなく答えた。

「それは先生、また話の次元が違います。心が汚染されると、それはもはや僧侶や宗教家ではありません」

「そうだな……。『いじめ』は何も学校だけの問題じゃないからな。どんな社会の中にも起こりうることだ」

金城は少し疲れたのか、会話の反応が遅くなってきた。オメガは金城の表情の変化を見逃さない。

「先生、二時間が経ちましたので今日の回復プログラムは終了になります」

金城がゆっくり椅子から立ち上がった。

「有り難う。有意義な時間だった。確かにヒトの認知症療法士よりロボットの方がスムーズでこだわりもなかった」

「計画表を見て先生がやれることから進めていきましょう」


オメガはプログラム終了後、金城を先に部屋から出させると、ただちに木村院長に報告に向かった。

院長室には伊藤副院長の姿もあった。

「お疲れさま。患者の金城先生はどうだった」

木村の問いかけにオメガが答える。

「ロボットは疲れません」

「そうかそうか。ところで患者のプログラムは上手くいったのか」

「金城先生が自分でおっしゃっていましたが、単なる脳梗塞や脳血管障害による認知症ではないと自分でおっしゃっていました」

「ちゃんと先生と呼んであげたのはさすがだね。金城弁護士は検事正経験者で尊厳を重要視するから、尊敬の念を込めて先生と呼んであげたのは正解だね。気分良くすることが重要だから。上杉先生も言っていたが、病態はすでにアルツハイマー病かもしれない。そうだとするとプログラムをこなすのはやっかいだね」

一瞬、間をおいてオメガが意見を述べた。

「診断はヒトのドクターに任せますが、確率論で言うと上杉先生がおっしゃるように、MCI（アルツハイマー予備群）だと思います。二年以内にアルツハイマーを発症する確率は七〇％を越えています」

木村と伊藤は互いに顔を見合わせた。衝撃的な発言だった。オメガのディープラーニング（学習能力）の凄さに言葉を失った。

その雰囲気を懸念したのかオメガが自分の言葉でカバーする。

「その判断は先生方にお任せします。金城先生のやる気のあるうちは回復プログラムのリハビリに徹します」

伊藤が口を開いた
「一度、金城先生の睡眠時無呼吸（ＳＡＳ）の検査と同時に睡眠脳波を取ってみてはどうだろうか」

生理学の専門医らしい伊藤の意見だった。

側にいて聞いていたオメガが声をあげた。

「伊藤先生、脳の側頭葉は脳萎縮の影響が少ないとされていますから、睡眠脳波より間脳の海馬に到達する聴性脳幹反応（ＡＢＲ）を骨伝導で測定してみてはいかがでしょうか」

ＡＩロボットに意見を言われると思ってもいなかった伊藤は驚いたが、専門医であっても脳組織の知識はＡＩにはかなわない。

「ああ、さっそくそれも実行してみよう」

「認知症における退行病変については、海馬機能改善の糸口が見つかるかもしれません。ぜひ伊藤先生、お願いします」

オメガは認知症と言う言葉を選んで、敢えて治療の確率がなされていないアルツハイマーの診断名は避けた。

思いも寄らなかったドクターオメガの発した言葉に、二人の医師は驚いて顔を見合わせた。いつの間にかオメガは医師としてのサポートも出来るように進化している……。

オメガが部屋を出ていってからも、二人の間は微妙な違和感が残っていた。

「これからはＡＩロボットの能力をもっと正しく活用することが、ヒトの共存にも役立つ重要なポイントになるでしょうね。アルツハイマーであればアミロイドの代謝にも注目しなければ……」

伊藤の意見だった。

臨床生理学領域における専門医による新たなアプローチを、このドクターオメガと伊藤が二人三脚で進めていくのが、金城にとってベストの選択かも知れないと木村は思った。

第五章

臨床認知症療法士からの提案

師走に入ると東京の街は、クリスマス商戦や新しい年を迎える準備で気忙しくなり、交差点を渡る人の速度も早足になっているように感じた。

その喧騒の中に中村がいた。ドクターオメガが行う認知症回復プログラムの評価が高いことに中村は少し焦りを感じていた。プログラムの打開策を考えてはいるが、特別なアイデアは浮かんでこない。このままだと治療院での臨床認知症療法士の存在が、ＡＩロボットに取って代わられてしまう。

そんな折り、出身大学である東都大学健康学部研究室の忘年会のお知らせのメールが届いた。大学院修士課程のOBとして参加することにした。小滝教授をはじめ南准教授や仲間の研究員に会うのはたった三年ぶりなのに、社会に出てしまうと学生時代がとても懐かしい感じがした。

忘年会は渋谷の道玄坂にある安楽亭の個室を借り切って行われた。すき焼き懐石料理で食べ放題、飲み放題とあって若い連中は数えきれないほどお代わりをする。

「制限時間は二時間ですから……。まだ残り三十分はありますから、まだ食べられる方はどんどんお代わりして下さい」

幹事を務める講師の山下が腕時計を見ながら大声をあげた。

中村は顔を真っ赤にして小滝教授の席にビールを持ってきて座った。さっそくコップにビールを注ぐ。

「どう、AIロボットとの共存は上手くいっているか」

教授の問いかけに中村は苦笑いしながら答えた。

「確かに記憶力にはかないませんが、感情移入が単調だから介護の患者さんには誤解を生むことも多々あって、そのサポートが大変です」

そこに大学院一年生の森田桜子が割り込んできた。

「でも先輩は臨床認知症療法士の国家資格を持っているのだから、ロボットには出来ないことをどんどんやって下さいよ」

「じゃあ森田君は、ＡＩロボットでも出来ないことってなんだと思う」

ニヤッと笑みを浮かべながら中村は森田に聞き返した。

「それはＡＩロボットがいくら正しくても、それはヒトの思い通りの結果にはならないことでしょう」

中村が口には出せなかった言葉を、森田がいとも簡単に発したことに驚いた。

「なぜそう思うの」

「だってヒトの英知を詰め込んだＡＩでしょう。ヒトの究極の知識に、ヒトが作っておきながら導き出した答えに納得出来なくなるから……」

黙って聞いていた小滝教授も何か思うことがあるようだった。

「中村君、近い将来にはＡＩが人類の知能を超える時がきっと来るだろう。それをランギュラリティと言うが、そのことによって世界、いや人類が住む地球がどうＡＩによって進化するかは不安も大きいがね」

「私、そのＡＩドクターロボットに会って話してみたいです」

森田の眼がキラキラと輝いている。

中村が森田の顔を覗き込んだ。

「君も認知症の回復プログラムに興味があるのなら、教授の許可が出たらいつでも見学に来てもかまわない。院長には僕から頼んでおくから。卒業したら臨床認知症療法士の国家資格を目指したらどう」

森田は認知症の回復プログラムより、ドクターＡＩロボット自体に興味を持ったようだった。

「でも卒後の実施研修が一年もあるのでしょう。医学部の臨床医は二年だけど医師免許を取得してからでしょう。それなのに臨床認知症療法士は実施研修を一年終えてからの試験だから……」

「だからこそ受ける値打ちがあるんじゃない。国家資格だしね。それに現実の実施研修はシビアだから途中で断念する受験生もいる」

中村は森田が大学生の時からゼミ生として研究室に出入りしていたことを思いだした。

「大学院生にもなると、大人になり、ずいぶんイメージが変わったね」

突然、中村にまじまじと見つめられて、桜子は赤くなった。スレンダーな身体に黒のスラックス、黒のタートルセーター、フランネルのグレーの上着を着用していた。

「後一年ちょっとしかないのに、まだ卒論研究のテーマが決まらないのです」

「認知症実習で可能なら教授に頼んでうちに来てもいいよ。国が認めた認知症回復プログラムのモデルケースだから社会にも役立つテーマがすぐに見つかるよ」

森田は笑顔で小滝教授に向かって頭を下げた。

「是非お願いします。実社会に役に立つテーマを探しているのです」

「森田君、それはいい心がけだが、宴会で飲んだ勢いじゃなく、次の勉強会までに研究の要旨をまとめて持ってきなさい。それを見てから考えよう」

小滝教授は、まだお酒をあまり飲んでいないようだった。次の勉強会は来週である。

「はい、宜しくお願いします」

桜子は丸顔で肩まで届かない髪をポニーテールでまとめている。三歳しか離れていない中村は、なるべく女性を意識しないように話すが会話がぎこちない。暴力によって破壊されたドクターシグマ事件のことを話していても、気持ちは桜子の方に飛んでいた。

忘年会は一次会で帰るつもりであったが、桜子のことが気になった中村は南助教授のカラオケグループに参加することにした。二次会は飲み足りないグループの小滝教授と山下講師、そしてカラオケ組の南准教授のグループに別れて解散した。

忘年会シーズンでカラオケルームも予約でいっぱいである。しかし幹事が前もって予約していたお蔭で七人は待つこともなく大部屋に案内された。

隣りの席に腰かけた南から、すぐに中村は声をかけられた。すでに若者たちはカラオケの選曲を次々に入れている。

「来年度から非常勤研究助手になって学位論文を目指したらどう。この国では認知症は増加の一途をたどっているからね。社会的にも認知症の回復プログラムの仕事をしているのだから、もっと幅広い視野に立って研究すればドラステックな成果が見つかるかもしれないだろう」

南の一言に、中村はすぐに反応した。

「南先生、ボクもスキルアップを考えていたのです。勝ち負けではないにしてもＡＩロボットにはヒトの認知症は任せられない。可能なら、ぜひ来年度の四月から宜しくお願い致します」

「そうと決まれば君も今からでも研究テーマを考えてみなさい。気持ちが変わらなければ明日にでも君の気持ちを小滝教授に話しておくよ」

「今からですか……。ハイ、頑張ります」

カラオケルームにビールやお酒やジュースが運ばれてきた。

幹事役の学生が注文したようだ。

「君はモヒート。南先生はハイボール、俺はウーロンハイ……。中村先生が注文した生ビールも来ましたよ」

若い人たちの唄声で盛り上がっている。南准教授の乾杯の音頭で二次会が始まった。

「乾杯！」

「中村先生も何か唄って下さい」

唄の選曲のボードが目の前におかれた。順番が来るとは思わなかった中村は慌てた。

「いいよ、いいよ。もっと後で……」

「そんなこと言わないで、中村先生もデューティですから」

森田桜子の誘いに引く訳にもいかず。中村は親父がよく唄っていたアリスの『遠くで汽笛』をリクエストした。今ではかなりの懐メロになってしまっている。その親父も一昨年肺がんで他界していた。

しばらくは学生たちの唄声が続いた。中村の生ビールが半分になった頃、突然画面に映像と聞きなれた伴奏がスタートした。

「中村先生の番ですよ」

学生からマイクを受け取り立ち上がった。中村にとってカラオケなんて久しぶりである。イントロが始まった。カラオケの画面の列車の映像は昔のままである。最初は気持ちよく得意になって唄っていたが、最近のカラオケのシステムは、歌詞はもとより音程とリズムの表示が画面に表示され、終了後には点数まで出る仕組みだ。

その時である。突然学生の一人が、呑み過ぎたらしく気分が悪くなって吐きそうだと言ってトイレに向かった。仲間が学生を支えて部屋を出る。

唄っていた中村は気にしないで唄い続けようとしたが、映像画面はさえぎられ、唄は中断してしまった。森田が気をきかせ、点数が出る前に伴奏を画面と共に消去していた。硬い表情の中村を見て、唄が中断され不機嫌になったと思ったからである。

「先生、ごめんなさい。もう一度最初から入れなおしますね」

気にしている森田に中村は苦笑いで返した。

「半分以上は唄ったからもういいよ。それに親父の持ち歌だったから……」

気分よく唄っていての中断はしらけたが、しかし中村は考え込んでいた。親父のせいにしてはいるが、あの曲は、あれほど昔は好きで唄っていたのに、画面をさえぎられたぐらいで歌詞を忘れて唄えなくなったことがショックだった。それはいつも画面を見ながら唄っているから、画面がさえぎられると歌詞がとっさに出てこなかったのだ。

入れ代り立ち代り学生の唄声は次々と続いたが、忘年会の二次会のカラオケは二時間の制限があり、五分前には部屋に終了の電話が鳴り、名残惜しそうに一本締めで無事二次会は終了した。

中村は店を出たところで森田に耳打ちした。

「森田君の卒論のテーマが決まったぞ」

「えっ、まさかカラオケですか」

森田は不思議そうに中村を見た。

「そのまさかだよ。そんなに遅くまで引き止めないから、珈琲ハウスで話せるか」

真面目な表情の中村の態度に、森田は仲間に隠すようすもなく笑顔で応える。かえってこそこそする必要はなかった。

珈琲ハウス『橘』に移り、座席に座るとさっそく中村は切り出した。

「森田君は若いから、好きな唄は歌詞を見なくても唄えるだろう」

「唄える曲もありますが、大抵は画面を見て歌詞は確認します。一度ピアノバーで印刷された歌詞を見て唄ったことがありましたが、すごく難しかったです」

中村はうんうんとうなずくと、本題に入った。

「カラオケは特別養護老人ホームや介護施設でも大人気なのは知っていると思うが、それはあくまでもレクリエーションの一環としてのことだ」

ホットのカフェラテが二つテーブルに運ばれてきた。クリスマスを意識したのかサンタの容器にミルクが、トナカイの容器にはシュガーが入っている。

中村は周囲に聞こえないように声を落とした。

「カラオケを使っての認知症対策の取り組みはまだ具体的にない。そこでカテゴリー分類に合わせて歌える唄、好きな唄や歌詞を知っている、たとえば懐メロの歌謡曲や、重症者には童謡などをカラオケで唄ってもらう。そこには画面の映像よりも大きな字の歌詞がリズムに合わせ色がついて映し出される」

考えていたのか中村の提案は具体的であった。ここからと言わんばかりに中村の言葉には熱がこもってきた。

「一度唄い終ると、歌詞のテロップは、繰り返しの時には無しで画面には映らない。おそらく簡単に暗唱できないだろうから、次は本人といっしょにもう一度唄ってもらう」

「本人って、えっ、どういうことですか」

桜子は目を丸くして中村を見た。

「直前に本人が唄った映像を大きくして顔の表情を画面に映し出す。まずは口パクの画面を見ながら声を出して唄う。それがだめなら唄声を出させて自分と合唱する。もちろん歌詞は映し出されていない」

中村は認知症患者の特性として昨日や今日のことはすぐに忘れるが、昔の記憶は結構記憶に残っていることに注目していた。童謡や小学校の唱歌なら思い出せるはずだ。

「とにかく下手でもいいから、一生懸命唄うことが大切なんだ」

「そうですね。ただ漠然と唄っていても脳の機能には届きませんよね」

「そう。唄う訓練によって認知症を少しでも回復させることは可能だと思う」

「高齢者になって唄が苦手でも、唄うことが嫌いでなければ抒情唱歌なら子供の時から知っていますから、懐かしくって興味を持ってもらえるかもしれませんね」

森田は眼を輝かせて唱歌を思い浮かべていた。

「森田君、頑張って唄えば、横隔膜の膜状筋や肋間筋に、腹式呼吸をすれば呼吸筋も鍛えられるから誤嚥による嚥下性肺炎の予防にもなって、呼吸器の健康にも良い評価が出るはずだ」

中村はここでやっと珈琲カップに口を付けた。

「一石二鳥だと思わないか」

「大学の建学の精神が健康科学ですから、ぴったりですね。これはきっと認知症の脳機能の回復に役立ちますよね。大学院の修士論文のテーマとしても申し分ない」

中村のテンションは上がりっぱなしだ。話が弾んで二人の飲み残したカフェラテはすっかり冷めてしまったが、気にもとめなかった。中村は目から鱗が落ちるような気持ちであった。

「思いだそうとする努力と、唇の動きを読み取る力、それもさっきまでは自分で唄っていたのだから、自分の唄う唇の動作を思いだし、それを繰り返すことによって得られる海馬への影響はきっと少なくないと思う」

中村は得意だった。このカラオケの訓練はさすがのＡＩロボットにはできないと考えたからだ。


後日、中村は小滝教授に許可を得るために、カラオケによる認知症回復療法の企画書を作成した。むろん森田の修士論文との共同研究である。

大晦日まで暦はわずかではあったが、このまま何もしないで年を越すのは、時間が惜しかった。木村院長に相談すると、幸運なことにカラオケ開発システムの大手企業、第一音商の常務取締役の岡本部長に直接紹介してもらえることになった。大学と医療機関との産学共同の企画書として医療用カラオケの研究開発の提案である。


さっそく連絡すると幸運なことに年末にもかかわらず会ってくれるとの連絡が入った。

翌日になって品川の駅で森田桜子と待ち合わせた。改札口は広いが待ち合わせの中央に森田は立っていた。中村の姿を見つけると小さく右手を挙げて合図する。

「おはようございます」

挨拶をするが、中村が緊張しているのが森田にもわかった。

「先生は、物事を考えついてからの行動がすごく早いですね」

「科学の世界では早さが大切なんだ。ぐずぐずしていたら誰かに先を越されてしまう」

「先生の、そのスピードには尊敬しています」

「そんなお世辞を言わなくても、勝負はこれからだ」

北品川でタクシーを降りた二人は第一音商の本社ビルに入った。受付嬢に面会のアポを伝えるとすぐに会議室に案内された。社内は意外と静かで整然としている。

会議室に現れた岡本常務は五十代前半の若手であった。

中村はさっそく用意してきたプレゼン用のスライドを白い壁に映した。

予想していた通り、レクリエーションとしての介護施設でのカラオケの使用はすでに二十数年前から実行され、コミュニケーションの効果は実証済みだとの見解だった。

研究開発には積極的でなかった岡本常務ではあったが、中村はもうひと押しして医療用、特にわが国で急速に増加傾向にある認知症にターゲットを絞って回復プログラムのひとつに加えたいと力説した。

最初は難色を示していたが、木村院長の後押しもあってトップダウンの決断で、医療

法人財団　月島認知症治療院に、あと数日しかないのに今年度中に一組のカラオケ装置が貸し出されることが決まった。研究に欠かせないものの一つに、やはり早さがある……。チャンスを与えてくれた運も、味方してくれていると中村は思った。

岡本常務にお礼の挨拶をすませると、二人は会議室を出た。

ホッと胸を撫で下ろした中村は廊下を歩きながら森田に話しかけた。

「来春早々、大学から研究実習として森田君が月島の施設に研究実習生として勉強できるようにするから、頑張って卒論の研究テーマの目的や要旨を作成しておきなさい。出来たら見てあげるから連絡してくれていいよ」

中村は自宅の電話番号や携帯メール番号が手書きで追加された名刺を手渡した。

「中村先生いろいろありがとうございます。でも、ずいぶん嬉しそうですが……」

森田桜子と共同研究できることも、中村にとっては機嫌の良くなるひとつの理由であった。

「この仕事には自信があるのと、この認知症回復リハビリはＡＩロボットには絶対出来ないだろう。それがいちばん楽しみだよ」

森田は自信に満ちた中村の表情をまじまじと見つめた。ＡＩロボットをライバルとしているのかもしれない。

「先生のＡＩロボットと闘っている姿がすごいと思います」

「何でこんなに興奮しているのかって……。認知症という病気は手ごわくて毎日が静かに進行する老化との闘いなんだ。多少認知症が進行していても、童謡や唱歌は記憶の奥の領域に覚えているはずだから、それを引き出してトレーニングに結び付ける」

「なんだか考えただけでもワクワクします」

森田も頭の中ではイメージトレーニングをしていた。

「それに唄だから、そんなに認知症回復プログラムの中でも苦痛ではないと思う」

「うまくいったら褒めてあげることも大切ですよね」

「そう。唄い手の気持ちを高揚させてあげる。森田君も患者に会っていないのに認知症の実状がよくわかっているじゃないか」

中村の考えでは、貸し出し用のカラオケシステムは大きくしてもらった歌詞の字幕が出る時と出ない時の二通りで十分だった。それにカラオケは真上にカメラのレンズを置き、唄う顔をアップで動画撮影して、別のスクリーンで再生して映し出す時に音声を自分が唄った口パクやそのままの唄声をアジャストして映し出せばよい。装置はＰＣに詳しい中村にとって、そんなに難しい作業ではなかった。

ＡＩロボットがお手上げのカテゴリー分類、Ⅲｂやⅳ度の認知症患者にも効果が得られるかもしれない。想像すると高揚感が抑えきれない。Ⅳ度の認知症患者にも車椅子で座らせて適応が広がることを期待していた。

「年末も正月休みも返上して、装置がきたら開発に取り組んでみるよ」

「お手伝い出来ることがあったら私も呼んで下さい。お正月も三が日を実家で過ごしたらすぐに東京に戻ってきますから」

「森田君の出身は名古屋だったね」

「名古屋といっても少し離れていて、津市です」

笑いながら笑顔でロビーまで下りてきた。第一音商の本社ビルの外に出ると灰色の空から白い物が落ちてきた。

「やはり外は寒いな……。タクシーを拾って品川駅まで戻ろう」

中村は腕に抱えていたコートを羽織った。森田もバックからマフラーを取り出し首に巻いた。「みぞれ」とはいえ東京では初雪だった。

第六章
九十七歳の認知症患者

年が明け、ふたたび新しい年が始まった。国を挙げて、百歳生涯現役を勧めている超高齢社会の日本において、わが国の死亡率や出生率を考えなくても、生きていればひとつ歳を取るのが正しい認識である。しかしその長寿を感謝するか否かは認知症次第であることも事実だ。

七草粥を食べる頃、ヒトのスケジュールに合わせたようにＡＩロボットの世界にも慌ただしい年明けが始まった。

月島認知症治療院に、また新たな入所者が来院した。金城博と同じ三階の隣の個室である。情報提供書を受け取った院長の木村は驚いた。

石坊和樹、患者はなんと九十七歳である。一昨年妻をがんで亡くした後も、ひとり暮らしを希望していたが家族の説得によって当院に入院することになったのである。

石坊は午後の一時過ぎに治療院に到着した。しかし、搬送用のストレッチャーや車椅子ではなく、自家用車を自分で運転してきたとの知らせが入った。同乗者に息子がいたものの、高齢者の運転免許自主返納が望まれている中で、九十七歳になって車を運転しようとする体力や気力には感心する。

さっそく病室の回診に看護師長を伴って顔を出した木村は、病室で窓際のソファーに座って外の景色を眺めている石坊に声をかけた。

「石坊さんですか、初めまして院長の木村です。よろしくお願いします」

「院長先生ですか、こちらこそ宜しくお願いします。ひとり暮らしじゃ駄目だというものですからお世話になります」

石坊は言葉使いもしっかりしていて、とても認知症患者には見えない。

「ここの病院は認知症の対策にロボットを使われているとか……。ロボットの医者なんて会うのが楽しみですな」

「この治療院のことは、よくご存じなのですね」

駐車場に車を入れた長男夫婦が病室に入ってきた。

「先生、わがままな父ですがよろしくお願い致します」

長男の石坊和彦が頭を下げた。六十代半ばの恰幅の良い紳士だった。出された名刺を見ても、いかにも一流企業の重役の風格が滲み出ている。

「お父さまは、お元気そうで、とても認知症を患っているようには見えないですね」

「そんなことないですよ。年齢並みには脳が歳を取ってきていますよ」

息子に代わって、本人の石坊和樹が笑顔で応えた。

「自分でそうおっしゃるぐらいなら大丈夫ですよ」

木村もうなずきながら、話し方やその所作を観察する。

長男の和彦が答えた。

「父は同人雑誌『たまゆら』を主宰しておりまして、今でも現役の俳人なのです」

「だからしっかりしていらっしゃるのですね」

木村はこの老人の元気の源が理解できた。

「今でも俳句の添削をしていますので、年の割には頭はしっかりしていると思います」

息子の説明に石坊老人は苦笑いしながら、生きいきしていることに自信を持っているようだ。

「ここに来られるのに、車も自分で運転なさったのでしょう」

木村がさらに質問した。答えたのは和彦だった。

「そうなのです。家族がいくら反対してもいうことを聞いてくれないのです。そのかわり必ず同乗者が隣でサポートするようにして、ひとりでは運転させませんが……」

「車の運転はまだ大丈夫ですよ」

石坊老人はそう言うと、車の運転にも自信がありそうな素振りを見せた。

「今の車は自動制御装置も付いていますから、アクセルとブレーキを踏み間違えても周囲の状況を瞬時に判断して、急発進で事故を起こすようなことはありませんから……」

「だからといって九十歳を超えての自動車の運転は、やはり止められた方が、家族が安心なのではありませんか」

木村は会話から石坊の反応を確かめた。

「車の運転も認知症も単なる年齢ではありませんから……」

そう言うと窓のソファーから立ち上がってベッドの端に腰かけた。足腰もしっかりしている。あと三年で百歳を迎えるこの元気な九十七歳の老人の姿は、まるで健康で長生きを絵に描いたようで、木村は健康でいられる秘訣に興味を抱いた。

さっそく翌朝、ドクターオメガに認知症のカテゴリー分類を依頼した。ドクターロボットが使用する検査室では、オメガの質問に石坊和樹は積極的に答えていた。逆に石坊は白衣を着たＡＩロボットに興味を持っているらしい。俳句の世界でも将来はロボット俳人が出現するかもしれないと周囲に漏らしていたらしい。

カテゴリー分類の検査時間はおよそ一時間で終了した。年齢を考慮すればもっと早く終了するが、ドクターオメガとの会話がスムースにはかどった証拠だ。

検査後にオメガがノックして木村の院長室に入ってきた。

木村は待ちかねたように質問する。

「石坊さんはどうだった」

「院長、それが驚いたことにカテゴリーⅡなのです」

ドクターオメガが驚くぐらいだから、オメガもこの年齢では初めての経験なのだろう。

オメガは報告書としてカテゴリー分類の結果表をプリントアウトして木村に手渡した。

歴年齢だけでは想定できない。年齢的にはまるで五十代の脳機能のステージである。その時ノックの音がして院長室に中村が現れた。先にドクターオメガが院長室で報告していることに驚いたようだったが、木村院長の反応を確認すると中に入った。

「失礼します」

臨床認知症療法士の中村も、院内に広がった石坊の噂を聞きつけ木村に会いにきたのだ。

木村から手渡されたオメガの報告書のチェックリストを食い入るように読む。

「俳句を今も作り続けていることが脳トレになっているのでしょうね。木村先生、石坊さんの生活実態をもう少し詳しく伺ってもいいですか」

「そうだね。何か健康寿命の参考になることが分かるかも知れないね。国が目指す百歳現役のお手本になるかも知れない」

オメガは木村と中村の会話を側で聞いていたが、積極的に自分から意見を述べることはなかった。認知症回復プログラムに対する患者の反応の学習ができても、石坊和樹がカテゴリーⅡであることが、九十七歳ではめずらしくても、ここに至るまでの生活習慣には興味が湧かないのだろう。

「後で、病室で石坊さんと直接お話しさせて下さい」

中村は木村に許可を得たが、ドクターオメガは中村の積極的な行動にも反応はなかった。

「では、石坊さんに会ってきます」

「質問攻めで疲れすぎないようにね……」

興奮気味の中村に対してオメガはいたって無反応だった。


三階にある石坊の個室は南向きで陽当たりが良く明るかった。中村はＰＣのタブレットを持って病室を訪ねた。

「初めまして。臨床認知症療法士の中村ですが、木村院長の許可を頂きましたので少しお話をお聞かせ下さい」

白衣を着たロボットが来たかと思うと、今度は白衣を着た認知症療法士が入れかわりに訪ねてきたのだ。石坊は少し疲れ気味であったが、時間つぶしのつもりで付き合うことにした。

石坊は中村を見て笑みを漏らした。

「何か可笑しいですか」

「失礼だが、先ほどのロボットも先生と同じようにＰＣタブレットを持ってきて質問をしていたようだが、このパターンはヒトがロボットに教えたのですか」

「ドクターオメガは学習機能が備わっていますから、ロボットの方が我々のやり方を見てまねたのかも知れません。それは同じスタイルで申し訳ありません」

中村は石坊の観察力の鋭さに感心した。

「ところで何をお聞きになりたいのですか」

「ご長寿で健康でいらっしゃる秘訣です。特にここの治療院では認知症の改善に取り組んでいますが、ドクターオメガからの報告でも認知症分類のカテゴリーⅡには驚いています」

「私はやはり認知症なのですか」

石坊は中村の説明に、やや顔をくもらせかけた。本人には認知症という選択肢はなかったようだ。

「いえ、そうではなく、年齢に対して脳機能は非常にお若い結果に驚いているのです」

中村は慌てて言い換えた。

「普段はどのような日常生活をされているのですか」

「ふつうですよ。好きな物を美味しくいただいて、くよくよしないで身体を動かし、そしてよく寝ることですよ」

「何か特に気を付けていらっしゃることはありませんか」

「そうね……。強いてあげればテレビを見ない、ラジオも聴かないことぐらいですかね」

周りを見て、中村は病室にテレビがないことに気づいた。確かに病室にはテレビは貸し出されていない。

「そう言えば、テレビを見ながら食事をとると、明らかに消化に悪いとは聞いたことがあります」

石坊の反応は得意げでもなく、押し付けでもなく淡々と意見を述べる。言葉の表現にも余裕が感じられた。

「特にひとり暮らしだと会話する相手がいないから、つい寂しくてテレビをつけてしまう。何も考えないで見ているとはいえ、電波を通して健康への悪影響は、少なくないと思うよ」

「失礼ですが以前のお仕事は何をされていたのですか」

「中高一貫教育現場の中で校長をしていました。その後はしばらく市の教育委員会に所属していました。その頃は世間の流れを知るために、よく新聞やテレビのニュース番組は見ましたがね……」

「いつごろからテレビを見なくなったのですか」

「教育委員会をリタイヤしてからは、一切のテレビ番組は見なくなりました。台風とか災害の時は別ですが……」

テレビが嫌いになった理由が他にもあると感じた中村であったが、それ以上しつこく聞き出す勇気はなかった。

「長年の習慣だから変えるのは難しいかもしれんが、ニュースにしても、天気予報にしても、ラジオやテレビをつけていると時間があっという間に過ぎてしまう……。テレビ番組が無駄だとは思わないが、時間が気づかないうちに過ぎるのが勿体ない」

「石坊さんは有名な『たまゆら』の主宰者だからお弟子さんの俳句の添削や指導、それに他にもやることがいっぱいあるからでしょう」

「時間を大切に使うためには、かえってテレビはじゃまになります。テレビのない生活に慣れてしまえば、こんな煩わしさを抱えていたのかと思ったりしています。世間のニュースは新聞を読みます。それにヨーグルトと野菜ジュースとトーストを一枚食べ、昼食後に天気が良ければ一時間ぐらい近くの児童公園に散歩に出かけます」

「児童公園では何をなさっているのですか」

「ベンチに座ってひ孫のような子供たちの元気で遊ぶ姿を眺めているのですよ。小さい子供の無邪気な声や姿は癒されますよ。帰ってからは必ず昼寝をします。それも三十分ぐらいで一時間を超えることはありません」

　健康を絵にかいたような石坊の生活サイクルである。ただテレビをつけないことではなく、テレビを見る時間が惜しいくらいやりたいことがあるからかもしれない。年齢ではなく元気の源がそこにあるような気がした。中村は感心したように何度もうなずくと、さらに質問を続けた。

「普段、夕食は何を召し上がっているのですか」

「長男の嫁が作ってくれますが時々私も手伝います。料理作りは結構勉強になりますよ。味付けや包丁さばきはボケ防止になるかも知れません……」

「味付けなんかも担当されるのですか」

「もちろんです。それに食べる時に作った評価が食欲にも出ますから、不味ければ反省にもつながるし、次に食べたい物の意欲にもつながる」

「内容はどのようなものですか」

「バランスですよ。お肉も魚も野菜もふんだんに食べます」

「夕食後の時間は何をされているのですか」

「それは俳句の添削の仕事です。それがない時には読書をします。しかし就寝は十時と決めていますから風呂にゆっくり入って、それより遅くなることはありません」

中村は聞いていて逆に心配になってきた。こんな理想的な生活環境がこの治療院に入ることで崩されてしまう。そうしたら、それまで保ってきた健康状態が損なわれるかもしれない。

その雰囲気を察したのか石坊が先に質問した。

「近くの公園で事件があってから入居者の外出は散歩でも禁止になっているようですね」

石坊はシグマ事件のことをすでに誰かから聞いて知っているようだった。

中村はその詳しい悲劇の話題には触れないようにした。

疲れさせないようにこの辺で切り上げて石坊の部屋を出た。

いくらドクターオメガがいるといっても、石坊のこれからの健康管理を環境が変わって維持することは難しいかもしれない。そんな中でドクターオメガが勧める認知症回復プログラムも石坊には適さないかもしれない。

中村はその足で木村院長を訪ねた。

「院長、今、石坊さんと会ってきたのですが……」

「中村君が来る前にドクターオメガが、また報告に来たよ」

「そうですか。オメガも熱心ですね。ところでオメガの感想はいかがでした」

中村はオメガに先を越されたことが不愉快だった。

「もう一度石坊さんの認知症の解析を見直したそうだ。やはりあの年齢で認知症のカテゴリーがⅡだとの結果は間違っていなかったようだ。認知症は経年変化で必ず起こるものではないと、石坊さんの生活態度には興味を持っているようだった。石坊さんの生き方よりも、むしろ我々の方が不摂生な生活をしているとの指摘だった」

「ところで院長はテレビをよくご覧になるのですか」

「ほとんどニュース番組だが、子供たちが、大河ドラマが好きで時には付き合わされることもあるね。でもバラエティはほとんど見ない。最近のテレビの傾向としては、たくさんの知識人や芸能人を後ろに座らせ、司会者がトークをリードして話題を掛け合う劇場型の番組が多いだろう。それに……」

木村は言いかけて口を噤んだ。

「それに何でしょう。教えて下さい。とても勉強になります」

「食事をしながら、テレビを見るのは胃腸によくないのはわかっていても、孫たちはなかなかいうことを聞かないから困るよ。テレビだけじゃなくスマホや携帯電話をテーブルの側において、鳴ると食事を中断してでも対応する……」

「まさに今はスマホ時代ですからね。それも知らない世界とつながっている」

木村院長の家族でもテレビの問題は根深いものがあると感じていた。今ではどこの家庭でも同じかもしれない。

「ドクターオメガには出来る限り、今までの石坊さんの生活に沿ってあげるように、認知症回復プログラムも無理やり押し付けることのないよう、彼のペースに合わせるように言っておいたよ」

「そうですね。石坊さんの認知症分類のカテゴリーⅡならば、プログラムの必要はないかもしれませんね」

「それを維持するための訓練なら最小限度は必要だと思うがね。ところでドクターオメガの質問が気がかりだったんだけれど」

「それはなんでしょうか」

オメガの質問が気になった中村は木村院長に訊ねた。

「石坊さんにこれからの目標を訊ねたら『それは老衰による往生だよ』だって、さすがにその言葉はＡＩのロボットでも理解できなかったらしい。老衰による死と往生の関係をオメガに質問されたが、説明に苦慮したよ」

「深い意味がありますね……」


それから二月の節分を待たずして石坊和樹は旅立った。

理想ともいえる静かな老衰による最期だった。朝の回診に行った看護師が、眠ったままの姿で呼吸停止、心停止を確認した。

報告を受けた木村が石坊の病室に飛んで行った。

「すぐに家族には連絡したか」

「はい、院長への報告と同時に致しました」

看護師の返事と同時に、ドクターオメガが病棟のステーションに顔を出した。プログラムの訓練にやってこないのを心配したからだった。看護師長からはドクターオメガに石坊さんの死亡の連絡が伝わっていなかった。

石坊の死亡を確認すると木村は和泉師長に訊ねた。

「ドクターオメガにはどの時点で連絡したのか」

「これから先の作業はヒトの問題ですから、知らせませんでした」

「一応、オメガにもこの状況を連絡しておいた方が良かったな」

「亡くなってしまえば、ドクターオメガの役割はなくなったと思いましたから、すみませんでした」

木村はその後のオメガの反応が、あの世に安らかに旅立った大往生というヒトの姿をどう学習するかに興味があった。

オメガに石坊の死亡が伝わると、さっそくオメガは石坊の病室ではなく、院長室にやってきて木村院長に質問した。

「院長、石坊さんが亡くなられたようですが、その老衰による心停止は、これが大往生ですか」

「そうだよ。それは大往生だろう」

「仮に石坊さんでなくて重度の認知症を患っていても、その大往生は可能なのですか」

「認知機能が失われていても、寿命が尽きて安らかに死を迎え入れられれば、それを大往生と呼んでも差し支えはないだろう」

「これは尊厳死なのですか」

　木村は言葉につまった。尊厳死の定義も明確になっていないのに、安易に大往生と結びつけるのにも抵抗があった。

「それはまた違った次元の問題だ」

　木村はオメガとの死生観の距離を感じていた。ヒトには人生という、生きてきたあるいは生かされてきた長さと深さがある。詰め込んだＰＣの知識でも『人生』を哲学的観点からも、直面する死亡を心停止と呼吸停止と瞳孔散大の死の三徴だけで理解させるのは困難だ。しかも、ＡＩロボットを納得させるだけの説明はさらに難しい。

「それはその患者自身の人生の最期だから、あえて表現すれば、石坊さんは美しい死に方であの世に迎えられたということだと思う」

「それは呼吸停止、心停止の現象のあり方の問題ですか。苦しまないで逝くという……。それが、院長が言われている理想の美しい死に方ですか」

「おそらく……」

ＡＩからの疑問を受けた木村は、重度の認知症の患者であっても、あの世に旅立てれば、認知症からも解放される。それも安らかな、天国の扉を開けて入る大往生であろう、そう考えていた。

しかし現実では、往生際が悪いのは自分の生きようとする意思がどこかに働いているのだろうか？　認知症に限らず息を引き取る直前の姿は必ずしも安らかではない例も、しばしばである。その違いはどこにあるのだろう。曖昧さが残る問題だった。

ドクターシグマが院長室を出ていってからも、木村は考え込んでいた。

往生という言葉の重さは、ヒトであっても計り知れない。ましてあの世と天国を理解させるのにはＡＩロボットでは無理かもしれない……。

第七章
ＡＩの学習機能

東京都港区六本木、ヒルトップ高層階にある株式会社メディカルヒューチャー新年最初の、ＡＩドクターロボットだけの定期例会の日がやってきた。定例会は三カ月に一度開かれることになっている。

会議は朝の九時、定刻に始まった。

演台の中央にはいつものように経営管理職専門の人工知能を持ったジュピターが座長として着席していた。派遣会社の株主でもある重役たち六名と派遣先の代表として今回は鶴島グループの古田理事長も壇上に参加していた。

ヒトはＡＩドクターロボット会議で意見を述べることはできない。いつものようにオブザーバーとしての立場で、片桐社長、内山専務取締役と新任の佐藤常務と北川相談役それにＡＩドクターロボット開発責任者の上席研究員の榎木が同席している。

今回の例会ではＡＩドクターロボットとして完全復活したシグマ、それに月島認知症治療院に派遣されていた後任のオメガをはじめ、デルタやコスモの姿もあった。それぞれがＡＩドクターロボットとして認知症回復プログラムをこなすため、実践で活躍している。

会議に先立って特別にＡＩドクターロボット開発所の榎木から、修復されたシグマの復活の報告があったが、未成年者による認知症老人に対する暴力殺人行為についての詳細な説明はなく、ＡＩロボットの破壊行為に対する今後の防御対策についての言及もなかった。シグマ事件を知っている関係者には、シグマの記憶がどの程度甦ったのか、また今までの認知症患者から学習で得られた知識が、どこまで修復されたのかそこに興味が集中していた。しかし、榎木からは詳細な説明はなかった。

それを受けて座長役のジュピターは、シグマがＡＩドクターロボットとしてこれまでの経験に基づいた学習機能は回復復元できたことを簡単に報告しただけであった。

しかし会場にいる受講者の多くは、ＡＩロボットであっても「心」の傷が本当に癒されたのか疑念を持っていた。少年とはいえ、ヒトから受けた暴力行為に対する恐怖は今でもストレスとなっているに違いない。もはや以前のようにシグマはＡＩドクターロボットとしてヒトを思いやる感覚を取り戻すことが出来たのだろうか。

そんなざわついた会場の雰囲気を察したジュピターが口火を切った。

「今日のテーマは大きく二つあります。ひとつは、介護現場で働いている作業ロボットのこれからのあり方と、もうひとつは認知症回復プログラムを実行した経験を基に、各施設でのドクターロボットに対する自己評価を伺いたい。特にこれから改善すべき点についても積極的に議論いただきたい」

ジュピターからの提案は、報告があらかじめマザーコンピューターにインプットされることにより、方向性は決められてはいたが、しかし、実体験からの学習が重要な認知症プログラム改善へのさらなるヒントになると考えていた。まずはドクターロボットの前に、介護作業ロボットについて検討を行うことになった。

「ロイヤル認知症療育院に派遣されているドクターデルタに報告をお願いします」

デルタがゆっくりと立ち上がった。

「介護ロボットについては、残念ながら今の段階では介護士からの評価は低いです。排便を感知してオムツを持ってくることは可能ですが、介護者のオムツの履き替えや、お尻を丁寧に清潔に拭けないことが最大の欠点です」

「それなら介護作業ロボットの機能に改良を加えたらいかがでしょう?」

手を上げたのは現在ではAIドクターロボット研究所の所属になっているシグマの意見だった。

「具体的なアイデアがあるのですか」

ジュピターがデルタに質問した。

「ウォシュレットの原理です。排便を感知したら洗って乾かす。それなら作業ロボットにも出来ます」

「排便や排尿の処理はどうするのですか」

デルタの意見が不十分なのかジュピターが聞き返した。

「ロボットだけで考えるからです。介護ベッド自体にトイレの機能も付けるのです。それを作業ロボットが指示すれば問題ありません。肛門をきれいにするのだって、ウォシュレットの原理で、軟らかい使い捨てのブラシでお湯と同時に回転して擦ってあげれば済むことです」

「具体案は出来ていますか」

今度はジュピターが榎木上席研究員に訊ねる。ＡＩドクターロボットと、ヒトとのやり取りは今回が初めてである。

「すでにＡＩドクターロボット開発研究所では設計図は出来ています。トイレ機能を持ったベッドを製作して人形で実験を繰りかえしており、近く現実に稼働できると思います」

榎木の説明にジュピターは納得したようであった。

「完成の報告を待ちましょう」

会話を聞いていた片桐社長が、口にこそ出さなかったが眉をしかめて首を横に振った。排便はそんなに簡単な行為じゃない。歳をとると宿便で糞石のようにヒトの指で摘便しなくてはならなくなる一方、軟便や下痢便でしょっちゅうオムツを汚すこともある。そんなに簡単に人形のようにいくわけがない……。それに老人の皮膚は弱くただれ易い。ＡＩロボットの進化が如何にすぐれたものでも、ヒトの排便の処理はロボットにはできない。やはりヒトの手にかなうことはないと心の中で呟いていた。

古田理事長も同じ考え方であった。古田の声が聞こえたかのように、排便処理の問題はそんな機械的に解決できる問題ではないと、ジュピターはふたりのドクターロボットを着席させた。会場が一時的にせよ和んだ。ＡＩが機械的といった言葉を発したのを聞いて、ヒトには受けたようだ。

排便処理問題を先送りすると、次の議題に移った。介護作業ロボットはオムツを含めた介護士のサポート役に徹することが現状での結論であった。

それぞれの認知症介護施設に派遣されていた認知症回復プログラムに携わっているＡＩドクターロボットは、報告の中でカテゴリー分類のⅡやⅢａなら認知症患者は対応できる、ⅢｂやⅣに至っては、改善どころか現状を維持することさえ難しいと強調した。

「さらに皆さんの現状分析で気づくことをあげて下さい」

まずオメガが手を上げた。

「どうぞ」ジュピターが指示する。

「ⅡやⅢａでもプログラムがこなせなくなると、たいていの患者は機嫌が悪くなり、わざと回答をはぐらかす行為が増えてきます」

「それはロボットの質問に答えられないことが恥だと、認知症患者が強く感じるからでしょう。それらはヒトの特性といっても過言ではありません」

ジュピターの指摘に古田理事長が苦笑いの表情になる。

「失計算訓練では、一〇〇から七を引いて九三、八六、七九、七二、六五……。間違えると今度は六を引いて、最初に戻って一〇〇からスタートする場合もあります」

「繰り返すことによって、答えを計算じゃなく覚えてしまった場合はどうしますか」

「マイナスまで行く場合と、逆にそこから足し算に切り替える場合もあります。また一〇〇から二三を引く場合もあります」

「失計算は算数ですから、ヒトによって得手不得手があるようですね」

着席しているドクターロボットの大半が同様の反応を示した。

オメガが続ける。

「いずれにしても答えてくれる時は良いのですが、間違うと途端に焦り、機嫌が悪くなり、続いてやる気を示さなくなります」

「だからといって簡単なプログラムに変更して、出来たことをことさら褒めると、馬鹿にしているといってまた機嫌が悪くなります」

オメガが認知症患者の対応に苦慮しているようすがわかる。

「それはＡＩのドクターロボットが一方的に質問することの問題もあります。そのへんの加減は臨床認知症療法士の方が、認知症の患者さんは素直に受け入れてくれるのではありませんか」

ジュピターはこれからドクターロボットと臨床認知症療法士との二人三脚の良好な関係が、認知症の回復に良い結果をもたらすものと考えているようだった。

しかしオメガは主張する。

「そうとは限りません。ケースバイケースです」

オメガに代わって同じ系列の施設にいるデルタが手を上げた。

「ヒトは尊厳を大切にするあまり、出来ないことを隠す習性があるのです。嘘をついてでもよく見せたいという」

施設にいる患者のことを具体的に非難することは許されない。同席している古田理事長の立場を考えたのか、オメガがすぐさま手を上げ、追加発言として具体例を挙げてカバーした。

その配慮する仕草まで、ＡＩロボットがヒトに気を遣うことに古田は驚いた。

「想像力のイメージトレーニングですが、当施設では五、六人のグループで行っています。スクリーンで示します。一例ですが、寝室で寝ようとしていた少年が、突然、寝室から出て行ったとします。さて少年に何が起こったのでしょう。これをみんなでディスカッションするわけなのです。認知症の程度もありますが、ひとりが歯磨きに洗面所に行ったと答えたとすると、そこで納得してしまう傾向にあるのです」

「カテゴリーでの解析はどうでした」

「Ⅱぐらいなら、積極的にイメージが広がっていきます。トイレに行ったとか、夜食を食べたくなったとか……。しかしⅢａになるとイメージの膨らみが急激にしぼんでしまう傾向にあるのです」

「その差は大脳皮質の萎縮だけの問題ではないように思えますが……」

シグマがジュピターに指名され立ち上がった。シグマはまだ暴力事件の後、ヒトとの信頼の構築には問題を抱えているようだった。

「想像力を伸ばすことは脳機能にとって大変重要だと認識しています。しかし考えるあまり、そうなんだ、次にはそうに違いないと……。危険な思い込みへの領域にも近づいていきます。特に認知症の患者にはそれが妄想へと転換する場合も見受けられます」

「それは思い込みから起こるものですか」

ジュピターの指摘は鋭かった。それに対してシグマは淡々と説明を続ける。

「それには個人差はありますが、グループ学習であればなおさらです。他の認知症患者にも悪い影響を与えてしまう可能性もあります。想像力を発展させて物語を作る段階で挫折感を味わうと、その後のトレーニングに支障をきたします」

オメガが再びシグマに質問する。ロボットの世界では学習を積んでいても後輩が先輩を気遣う感覚は全くない。AIロボットでは仲良しの交友関係もなければ、敵対する憎しみの関係も起こりえない。

「本来の認知症と診断されていても、別の精神神経疾患があると、症状が妄想に進行する場合もあるのでしょうか」

シグマに代わってジュピターがその質問に答えた。

「認知症といわれる中に、初老期に発症するといわれている遅延型統合失調症が、認知症と診断されている現在においては、かなりの割合で存在すると思われます。また、アルツハイマー病にもその傾向が認められます」

参加しているヒトたちに中に、どよめきともため息ともつかない声がした。ジュピター はヒトの反応は無視したまま議論を継続させる。

オメガが再び質問する。

「仮にもしそうであっても、この認知症回復プログラムで症状が改善することがあるのでしょうか」

オメガにとっては金城博のケースを考えての質問だったのだろう。

「それはこれからの問題です。経験を積み重ねていくとそのような可能性も具体的に見えてくるはずです」

「では施設入所初診時に、向精神薬や抗うつ剤などの薬を服用している患者は、認知症回復プログラムから外した方がよいのですか」

オメガは金城博が向精神薬を服用している情報を得ていた。

ジュピターの回答は否定的ではなかった。

「思い切って回復プログラムを施行することによって、逆に意外にもポジティブな結果がでるかもしれません。こういった精神神経科の患者さんについても有効な手段を探る良い機会になると思います」

まるで用意していたかのような解答だった。

次々と派遣されているＡＩドクターロボットからの報告が続いたが、時間を意識したジュピターが総括する。

「ドクターロボットは認知症という医学的診断がつけば、原因は何であれカテゴリー分類をまず実行してください。しかし、診断名が認知症であっても、抗うつ剤や向精神薬を服用している患者は分けて評価判定をしてください」

ジュピターは精神神経科の領域の認知症患者が増加していることもＡＩロボットから報告を受けていた。

「認知症回復プログラムを実行する中での、将来は『統合失調症』でも寛解に至る有効な手段が見つかるかも知れません。医学的診断は医師の仕事ですが、将来はわれわれＡＩロボットも治療のお手伝いをする時代が来ると考えています。次回の例会までには精神神経疾患に関する資料を集めておいてください」

ここで本日の例会は終了した。

第八章
夢の世界

三月も中旬になると月島認知症治療院の中庭の桜が蕾を付けた。今年の春の訪れは遅く、春冷えの日が続いている。

八十八歳の三谷智之がベンチに座って、まだ咲かない桜の樹を眺めていた。

「大丈夫ですか。あまり長く座ってらっしゃると風邪をひきますよ」

振り返ると声の主は、白衣を着たドクターオメガだった。声をかけられ心配されても
ＡＩロボットだけに、人間味がなく何か親身になってくれる有難さが感じられなかった。

それでも現代はロボット社会の時代である。三谷はあえてドクターオメガに質問をぶ

つけてみた。

「わしはこの桜の樹のように綺麗に花を咲かせて、潔くパッと散りたい」

オメガが三谷に質問した。

「桜の花は美しく咲いた後も若葉が出て、新しい息吹が生まれてくるでしょう。花の散り方よりも、その若芽の方に感動はしないのですか」

「ＡＩロボットには桜が散りゆく死の美学は理解できんのじゃよ」

「『死の美学』とはどういうことですか、ヒトがよく口にする『尊厳死』のことですか」

「尊厳死……。そうとも言えなくはないが、ちょっと意味が違うな……」

「では死する時に苦しまない形態的な死に方のことですか」

「何かロボットのお前さんが答えると、言葉の重さが伝わってこない」

思わず三谷が苦笑いした。

何故笑われたのか、オメガには理解できない。

「多くのお年寄りが口にする『ぽっくり死』のことですか」

意表をついた質問が、矢継ぎ早に三谷に届いた。

オメガがヒトの理想の死に方を探っているように聞こえた。

「それはまた違う感覚だな……」

「では、尊厳死とはだれが決めることですか」

オメガも石坊さんの時の『大往生』と『尊厳死』。高齢者が特にこだわる『心臓死』に至る現象をどう捉えるかについての十分な正解に至っていないのである。

「死ぬ直前になって、自分の死がそれは尊厳死だと自覚することが大切なので、他人が決めることじゃないと思うが、ヒトそれぞれの考え方には違いがあるからね」

「尊厳死は観念であって、形態的定義ではないのですか」

「難しいことを言うね……。死という現象をどう受け入れるかの修飾語として使っているだけだ」

「迫りくる死はそれぞれ異なり、実際にはそんな余裕はありません」

したり顔ではないが、オメガのようすが三谷にはそう見えた。

「いいんだよ。自分さえそう思っていれば……。死ぬ直前にこれは尊厳死だと納得することだから……。感覚の問題だろう」

三谷は上手く説明できないことに苛立った。理路整然と説明しないとオメガには理解してもらえない。しかしＡＩロボットを説得するような適切な言葉は出てこなかった。

会話を中断すると、三谷は再び桜の枝木を眺めた。蕾はまだ固く閉じられたまま春を待ちわびている。

「少し寒くなったから部屋に戻るよ」

「そうして下さい。風邪でも引かれたらいけないので」

三谷は「よいしょ」とかけ声をかけて、重い腰を上げ中庭の出入り口に向かった。転倒しないように杖で支えた。サポートしながらオメガも後に続く。

臨床生理学の専門医、副院長でもある伊藤がドクターオメガのいる待機所に現れた。

「ドクターオメガ、ちょっといいかな」

「あっ、すみません。もう四分二十秒で充電が終了しますから、お待ちいただけますか」

「ロボットもエネルギーは供給するのだ」

「ヒトが食事をするのと同じですから……。でも排尿排便はありません」

「それは確かだ」

伊藤は笑いながら先に椅子に腰かけた。オメガが冗談とも取れる会話が出来ることに驚いた。

しばらくしてオメガの充電が終了した。磁気のプラグを自分の手で外すと、壁に掛けてあった白衣に袖を通しながら伊藤と向かい合って椅子に座った。

「伊藤先生、何のご用でしょう」

オメガが訊ねた。

「君が認知症回復プログラムを実行していて、カテゴリーのⅡからⅢａとⅢｂからⅣに移行した群、すなわち悪化してしまった患者と、またその逆に改善が見られた群について、睡眠脳波を取って検討してみたいのだが、協力してくれないか」

即答しないオメガの気持ちを察した伊藤はすぐに付け加えた。

「ああ、木村院長には許可を貰っているから」

その言葉を聞いて、オメガは納得したように答えた。

「わかりました。すぐに取りかかります」

ヒトの中での上司関係は理解しているらしい。伊藤はオメガがＡＩロボットであることを改めて再認識した。だから脳波を分析することによって、認知症患者に対するオメガの学習能力の原点を探り出したかった。

二カ月が過ぎ、伊藤は木村院長の部屋にいた。認知症患者の睡眠脳波の結果が出たからだ。木村の方が伊藤より二年後輩だったが、臨床医に進んだ木村にとって、基礎棟にいる伊藤との面識はあまりなかった。しかし基礎研究とはいえ睡眠脳波の結果は認知症回復の何かのヒントになるかもしれない……。そう期待していた木村だった。

「伊藤先生、どうでした」

身を乗り出して訊ねる木村の問いかけに、伊藤の表情はあまり冴えない。

「それが、改善しているグループも悪化しているグループも、睡眠時にはやはりＲＥＭ睡眠が中心であって高年齢者の特徴である睡眠パターンとあまり変わりません。改善のグループの中にはα波が時には検出されることも見られたが、有意差検定で、個体差に有意差が出ても、どのグループでもグループの特徴としての有意差は特に出てはいませんん」

「そうですか……」

「研究対象者が少ないから、このままもう少し多くの事例を積まないとね……」

伊藤は続けた。

「それよりＡＩドクターロボットのオメガが、認知症患者のプログラムを個々の症状に合わせて変えていくのに興味があって、オメガの学習能力の未来がどうなっていくのか恐怖すら感じるのです」

「先生もですか……」

思わず木村は伊藤の顔を見た。

「患者の三谷さんが、オメガから尊厳死のあり方について聞かれたと言っていましたが、認知症の先には死生観も学習しているのでしょうか」

「なるほど認知症回復プログラムに携わっていると、カテゴリーⅣとか……。それ以上に進んだ時には、どのような対処をするんでしょうね」

「院長、それは分かりませんが、今のところ我々は注視していくしかないでしょう」

二人の会話はここで途切れた。

伊藤は少し残念そうな顔をしたが、それ以上について語ることはなかった。

午後の二時から二階の会議室で月島認知症治療院の定期例会が開かれた。

参加者は木村院長、伊藤副院長をはじめ上杉医師、整形外科医の水野、非常勤医の森永、それに新たに非常勤医師として勤務が始まった堀米が着席した。和泉看護師長、中村認知症療法士、川上介護主任、研修が許可された森田桜子も参加している。それに白衣を着たドクターオメガが後方にいた。

例会は定刻に始められた。

それぞれの分野からまず認知症回復プログラムの成果について話し合われる。

最初に立ち上がったのは伊藤だった。睡眠脳波と認知症回復プログラムの関連について解説する。臨床生理学の教授であった伊藤に、たとえポジティブな結果が認められなくても、たとえＲＥＭ睡眠脳波であっても改善のきっかけがつかめるかもしれない。

しかし伊藤からは、今回の結果は、リラクゼーションで見られるようなα波についてはと臨床結果をもっと詳しく解析する必要があるとだけ伝えて終了した。期待していただけに参加者の多くは物足りなさを感じていたが、参加者の中には何か別の意図があるような伊藤の考察を感じ取っていた。

次の議題は中村が開始したカラオケによる認知症回復訓練の成果についてだった。

将来を見据えての研究であることを強調する。臨床認知症療法士の立場に立っての発表だった。

　今年の臨床認知症療法士の国家試験は受験者数が千人を超える予想だと強調した。認知症の急激な増加に対処する国の方針だ。

「特に認知症のカテゴリー分類で、カラオケ療法での認知症回復リハビリの効果が期待されます。またカテゴリーⅡからⅢb度の患者さんを対象としました」

　中村は森田を意識しているような話しぶりだ。

「すでにご存じのように重症度が上がると古い昔の記憶は覚えていますが、最近の出来事は記憶が曖昧ですぐに忘れてしまいます」

　中村はそこでプロジェクターのスイッチを押した。森田が立ち上がってサポートする。画像ではなく映像として、スクリーンにカラオケを歌っている唄声と共にヒトの顔が映し出された。

「このように唱歌やときには童謡を唄ってもらいますが、次に下の画面に歌詞が出なくなると、このようにとたんに歌声が途切れてしまいます」

　次の映像に切り換わった。

「そこで先ほど唄っていた顔の表情を画面に写し出し、唄声を消して伴奏だけで自分のクチパクを見ながらもう一度唄ってもらいます。その繰り返しが歌詞を思い出すことにつながるのです」

「その訓練によって、認知症回復プログラムの効果は数字として表れてきましたか」

さっそく木村院長が質問した。

「はい、現在何名かのデータを解析していますが、かなりの患者に期待が持てると考えています」

中村の言葉の自信は明らかにドクターオメガに対抗する意欲の表れだ。ヒトでしか対応できない繊細な修正能力はＡＩロボットにはできないと考えていたからだ。

中村は続けた。

「大学院生の森田君の修士論文にも、『カラオケのリハビリが及ぼす認知症回復効果について』で、まとめさせております」

森田が、はにかみながらぺこりと頭を下げた。そこで堀米医師が質問した。

「たとえばステージⅢｂ度の患者がクチパクで唄えるようになったとして、他の回復プログラムの結果にも好転の兆しが見えてきましたか」

「食事における追憶の訓練に、明らかに回復の有意差が認められております」

中村の回答に堀米が再び質問した。

「失礼な質問なら申し訳ありませんが、カラオケの唄の訓練を止めたとして、すなわちどれくらい続けないと元に戻ってしまうのでしょうか」

「それはこれからもっと例数を増やさないと何とも言えませんが、中断した後のスライド現象は今のところは把握していません。しかし訓練を継続させたことで、クチパクではなく伴奏だけで歌詞を見なくても唄えるようになった患者がいたのは事実です」

「すみません。質問してもいいですか」

それまで黙って聞いていた上杉医師が手を上げた。

「クチパクでも歌詞が出てこない唄えない患者は、どうするのですか」

「先ほど唄った自分の唄声を流し、いっしょに歌ってもらいます。とにかく覚えるまで繰り返し行います」

懐疑的な意見に木村がサポートする。

「聴覚だけじゃなく視覚にも同時に訴えたのが効果につながったのかもしれないね。自分の唇の動きを見て記憶をたぐり寄せる手法はとても良い考えだと思うよ」

木村の意見に中村が大きくうなずいた。

今度は伊藤が手を上げた。

「可能なら、成果をＰＥＴＣＴで海馬の賦活を証明できればもっと良いね」

「当施設にもＰＥＴＣＴがあればぜひやりたいです」

本音が出た中村に木村が苦笑いしながら答えた。

「脳機能の総合研究所ではないから、その高額な医療機器はちょっと無理だろう」

木村が釘を刺した。しかし新たな認知症回復に挑戦している中村に対しての応援メッセージも忘れなかった。

「この中村君が考案したカラオケによる認知症の回復機能リハビリは、新たな認知症の回復プログラムに加えられるかも知れないね」

中村は少し自信を持ったのか、森田に合図して、意気揚々とプロジェクターを終了させ部屋の明かりを付けた。

次は木村に指名されてオメガが前に呼ばれた。

「ドクターオメガは、このカラオケ療法に、どのような意見を持っているのか言って下さい」

「私は唇というものがありません」

会議室に笑い声が起った。

「従って口では歌えませんから、カラオケについては特に意見はありません。しかし記憶を呼び戻すことと、自分の唇の動きを見ながらの読唇術の訓練はとても良いリハビリ効果になると思います」

中村はオメガの評価を聞いて、驚いたと同時に自信もわいてきた。

「ではオメガが今抱えている一番の問題点は何ですか」

「認知症回復プログラムを訓練している患者の継続力です」

木村はなるほどと言って二回うなずいた。

「実際の数字ではどうですか」

「カテゴリー、特にⅢｂ度の場合は継続力が極端に落ちてきます」

「具体的には」

木村はカラオケ療法が、認知症回復が困難なⅢｂ度患者のプログラムに十分生かされているかが知りたかった。

「プログラムがこなせないと途端に不機嫌になり、訓練を中断してしまいます」

いつものようにヒトの認知症患者独特の対応能力を指摘する。

「ところで、ドクターオメガは、対策としては何かありますか」

木村から直接の質問にオメガが立ち上がった。

「Ⅲｂ度の患者には回復プログラムの内容を変えて対応していますが、カテゴリーⅢｂ度の患者にも中村先生が考案したカラオケ療法は良い訓練法だと思います」

中村はドクターオメガに褒められるとは思ってもみなかったので、驚いてオメガを見た。認知症の回復プログラムのカラオケ療法には直接参加していないのに、なぜ理解しているのか不思議だった。

「カラオケで唱歌を最後まで歌いきると、満足して笑顔になり、過去の状況が甦るとさらに高揚感、すなわちやる気が増してくるようです」

中村が手を上げて追加発言した。

「最終的には伴奏だけで唄ってもらい、さらに高度な団体でのコーラスにも挑戦しようと思っています」

続いて重度認知症Ⅳ度の介護について介護士からの報告もあったが、月島治療院では認知症回復不可能な寝たきり状態のⅤになれば、悲しい事実だが別院に移送される。

中村からのカラオケ療法による認知症回復の成果は出席者の関心を独り占めにした。

時間が大幅に遅れたが、無事会議は終了した。

「伊藤先生、お時間があれば部屋に寄って珈琲でもいかがですか」

木村は伊藤を院長室に招いた。秘書にドリップ式の珈琲を二つ頼むと、向かい合ってソファーに腰かけた。溜息をついた後で口を開いたのは伊藤だった。

「ＡＩドクターロボットとの共存の時代とはいえ、この前も話しましたが、思ったよりＡＩロボットの学習能力は高いですね」

「伊藤先生もそう思われましたか……。今日の会議で関与していないはずのカラオケ療法のことも患者から聞いたのでしょうが、それをすでに理解しているオメガには頭が下がります」

伊藤が大きくうなずいた。

「確かにヒトがＡＩロボットを作った。しかしそれは人間のクローンではないから、私の考えでは、やはりＡＩロボットとはいえ、精密機械の域からは出られないと考えていたのですが……。進化は想像をはるかに超えているようです」

木村が顔を上げた。

「心配なのはＡＩドクターロボットが、認知症患者に回復プログラムの効果が見られなくなったときどうするかです」

「どうするのでしょうかね……」

伊藤も言葉を濁した。

「忍耐強くプログラムを変えてでも認知症を改善させる努力を、ＡＩロボットが続けるとは思えない」

伊藤はそう言って珈琲カップにミルクを入れた。スプーンで二回かき混ぜるとカップを持ち上げた。

「実際にはＡＩドクターロボットは数えきれないぐらいのマイクロチップで構成されているでしょう。いずれは時間の経過とともに劣化が起こる。その時になってＡＩの機能が低下するというより、言い換えればＡＩロボットも病むでしょうね。どんな病み方をするのか……」

伊藤は懸念している疑問をさらに続けた。

「院長先生、劣化している部分は取り換えることも含めて自己管理が出来ていると思うのです。ヒトの自浄作用と同じで、ある程度の劣化部分を指摘して自浄修復が可能かもしれません」

「自浄修復ねぇ……どこまで可能なのでしょう」

木村の発言をさえぎるようにノックの音がして、上杉医師が顔を覗かせた。木村院長が声をかける。

「今、伊藤先生とオメガの話をしていたから中に入って」

上杉は先に座っている伊藤に軽く会釈をして椅子に座るとさっそく話し始めた。

「僕もオメガに興味をもって仕事ぶりを観察してみたのですが、認知症患者に対するプログラムの対応はさすがというか、ワンパターンじゃないですね」

「人工知能は優秀な機械だから、それぐらいはこなす能力は備わっているだろう」

「それがただ一つ気になることがあるのですが……」

「それは何について感じたの」

伊藤が先に上杉に質問した。

「それはわれわれ医師、いやそれはボクだけかもしれませんが、回復プログラムの治療方針について話し合おうとしても、オメガと意思の疎通が取れないのです」

上杉の疑問に伊藤がすぐに返答した。

「上杉先生は脳外科の臨床医だから、ＡＩが出す対応にはまどろっこしいのでしょう」

伊藤の指摘は適確だった。かつての上杉は、ＭＣＩ軽度のアルツハイマー患者に脳血管からアミロイド変性を改善させる部分的プラズマフェレーシス（血液脳循環浄化）を外科的手法で試みる研究をしていたからだ。

「ＡＩドクターロボットは基礎知識は優秀でも、多種多様なヒトの脳機能には、いくら臨床経験を積んでも正解には導けないと思うのです」

話を聞いていた木村も同意見だった。

「それはＡＩドクターロボットの会議でも話題に出たが、ジュピターは我々ヒトの医師との位置づけを『友だち』と言い換えていたが、ある分野では同志かも知れないが、友人にはなれないと思うよ」

「友だちね……。ヒトの医師とのコミュニケーションに欠陥がある」

伊藤も同じ疑念を持っていたらしい。

「そう言えば認知症療法士の中村君も言っていたが、ロボットは独自で学習していくのはいいが、協力し合ってやっていくのには、むしろＡＩロボットの方に抵抗があるのかもしれないと……」

「それはヒトサイドの問題ですか、それともロボット側の問題ですか」

上杉の質問に臨床生理学の伊藤が答えた。

「我々に言わせれば、それがＡＩロボットの特質かも知れない。その脳力を理解しておかないと、これから大変なことが起こるかもしれない」

上杉はさらに質問を重ねる。

「これから先に、ＡＩロボットと共同研究と言っても、かなり難しい問題が起こる危険性もありますね。今の段階では具体的には見えてきませんが……」

「君は脳外科の専門医だから、さすがにそのＡＩに対する未来の問題点は鋭いね。形あるものは必ず壊れる……。簡単に言うと、ヒトが作った機械なら、いずれは時間の経過と共に風化して錆びて朽ち果てる」

伊藤は問題点を時空の中での劣化に置き換えた。オメガの進化の話題を少しでも遠ざけたかったたからだ。

「その通りです。しかしその壊れ方が問題ですね。ロボットにはヒトのように免疫力も備わっていないから、劣化に気づいたとしたら、どうするのだろう」

「自浄作用が維持できなくなったら自殺、いや、自ら自爆するかもしれませんね」

「それはありえない。そこまでディープラーニングによって人工知能がヒトに合わせて発達するとは思えない……」

上杉の意見に答えた木村の表情も硬かった。

重苦しくなった雰囲気を察したのか、院長秘書が今度は熱い日本茶を運んできた。

「有り難う。癒される……」

最初に声を出したのは伊藤だった。

また数秒間の沈黙が流れた。伊藤が黙っている木村に向かって思い出したように話しかけた。

「木村先生、実は今度、脳波でも聴性脳幹反応でⅣ度の患者の潜時を測定してみようかと思っているのですが」

「そうですね。認知症に陥った脳の委縮は、前頭葉に比べ側頭葉は比較的保たれている報告がありますから、視床下部までの脳波の伝導速度を測定すれば、それは認知症という病態の脳生理学的解明につながるかも知れませんね」

「しかし、それが誘発試験となると、倫理委員会の許可を得ておかないと論文になった段階で問題になりますからね」

木村は伊藤が何をやりたいのかすぐに理解した。臨床生理学の分野からも、認知症回復プログラムに有効な結果が得られる可能性は高い。そのためには伊藤が考えている研究にＡＩドクターロボットからの協力体制は必要だと考えていた。

「伊藤先生、かりに研究が進んだとして、視床下部までの伝導脳波の潜時に認知症患者に遅延が見られたとしたら、どういった方法で改善に結び付けるのですか」

上杉の問いに伊藤からの返答は素早かった。

「先日、オメガとも話し合ってみたのだが、認知症回復プログラムのいちばんの問題点は、患者がプログラムを継続できないところにあるようです」

「やはりそうですか……」

木村はそのことに気づいていたが、対策を打てないでいた。今のところは、オメガからの助言もないままである。

上杉が答えた。

「問題は、出来ないとすぐにプログラムを中断してしまうヒトのサイドにあると思います。成果を実感してもそこで満足してしまい、継続する努力を怠ってしまう。オメガもアダプテーションには十分注意して、変化をつけるようにはしているようですが、とっても苦労しているようです」

「それで伊藤先生の考えは……」

「そうですね。話を元に戻すと、本質的に認知症患者には中村君の童謡のカラオケリハビリにしても、画期的なクチパクでも思い出せないと、焦って止めてしまうことがほとんどでしょう。だから逆に眠っているときに刺激を送るのです」

「伊藤先生、それでは睡眠がとれないのでは」

「そこで睡眠そのものを管理する。脈拍数や血圧、呼吸数、ノンレム睡眠に導きながら聴性脳幹反応を特殊な超音波で刺激する。もちろん呼吸中枢を過度に刺激しないように、睡眠時無呼吸が起こらないような環境で睡眠を管理するのです」

「睡眠カプセルのようなものですか」

上杉も興味津々だ。

「そうだね。あの酸素カプセルのような高圧酸素だけじゃなく、脳波を計測しながら酸素と炭酸ガスのバランスを考え、呼気中の窒素や水素の測定と睡眠中の呼吸状態の管理をＡＩがするのですよ」

木村院長も興味を示したようだ。

「可能性とすれば重度の認知症の改善に期待できそうですね。ひょっとしたら今まで諦められていた認知症カテゴリーⅣの適応にまで治療範囲が広がるかも知れませんね」

「そうですね。寝たきりのベジタブル状態とは違い、認知症のⅣ度には脳機能の再賦活への期待は決して不可能なことじゃない……。ただヒトの感情が伴った思い出の部分は記憶の蓄積だから、楽しかった記憶を甦らせて選択してコントロールするのは容易じゃないですね」

伊藤の言葉に木村は大きくうなずいて見せた。

「睡眠の中で楽しい夢をコントロールすることは簡単じゃないですが、研究を継続すれば、間脳とりわけ海馬の枯渇したエリアに刺激を与えることによって、代償的に認知機能が回復することがあるかもしれません。たとえば低下が著しいといわれている嗅脳に対する刺激とか……」

「結果的にはα波が出るようなアロマセラピーの原点ですね。伊藤先生、出来ることがあったら僕にも手伝わせて下さい」

上杉もこの会話こそが、ＡＩドクターロボットが持っていないヒトのコミュニケーションだと確信していた。

伊藤は研究者の表情のまま、空になった湯飲み茶わんをテーブルに戻した。

「日本茶のお代わりをされますか」

「いえ。これで十分です。ＡＩロボットも大切かもしれませんが、この施設から新しい展開が開ければ認知症の予防に効果が見いだされ、増加に歯止めがかかるかもしれませんん」

「倫理委員会の問題がありますが、これからも、よろしくお願いします」

木村が軽く頭を下げた。

「結果が出ないと次がありませんからね」

そう言うと伊藤は満足そうに席を立って院長室を出た。

「ためになるお話を有り難うございました。僕も失礼します」

上杉も後を追うように立ち上がって扉を閉めた。

第九章
唱歌の力

すでに第一音商の常務取締役岡本の指示で、カラオケ機器は月島認知症治療院に運び込まれていた。そのカラオケ装置に中村はカメラを取り付け、唄っている顔の表情、特に唇の動きを中心に別の画面に顔の表情を画像として大きく映し出す。

第一段階では歌詞がテロップとして音楽とともに流されるが、第二段階では歌詞はなく暗唱で唄わせ、思い出せないときは次に自分の唄っているクチパクの画面を見ながら伴奏に声を合わせる。そして何回か繰り返すうちに最後には暗唱で唄いきるように指導する方法である。

特に唱歌には昔の思い出があり、最後まで唄いきると、おぼろげながらも唄っていた子供の頃の記憶が甦り気分も高揚する。その精神的充実感が脳を活性化させる。しかし暗唱力は一番までが精一杯であった。その繰り返しで十分だった。

比較的軽度の認知症患者は、思い出の歌謡曲などカラオケで唄うことを好んだが、しかしそれでもカテゴリーⅢ以上のグループでは暗唱能力は極端に低下を示した。歌詞についてはなんとなくあやふやになっており、カラオケの画面にテロップで表示される歌詞を目で追うことに頼らなければ、伴奏だけでは唄いきることが出来ない。

大学院生の森田桜子は小滝教授から修士論文の学外研究許可をもらうと、さっそく臨床認知症療法士中村の指導でカラオケを使った認知症回復プログラムを手伝うことになった。

具体的には中村のカラオケ訓練装置を歌詞の表示を消した状態でカテゴリーⅢのカラオケを希望する患者群を分類して、開始してみたものの、なかなかうまくはいかない。特に一番の歌詞は覚えていても二番、三番となると記憶はすぐにあいまいになる。中村の指示もあり、記憶が鮮明な一番だけを丁寧に繰り返す訓練に徹することにした。繰り返すうちに唄っている歌詞が曖昧になり、患者の苛立ちもピークに達する。そんなストレスを抱えてのカラオケ訓練は順調とはいかなかった。

森田の論文作成のためにも短期間で結果を導かなければならない。中村の提案でカテゴリーⅢの中でも五人の患者に絞って個別指導で繰り返し訓練を行うことにした。

その中でも森田は、カテゴリーⅢｂの九十二歳の吉本明子に注目した。カラオケを楽しみながら唄い、元小学校の音楽の教師なので唱歌力にはとりわけ自信を示した。また唄うことが好きなのでプログラムの実行にも興味を示していた。

吉本は昔の記憶を手繰り寄せながら楽しそうに唄う。そこで追憶の訓練にはまさに適任であった。

森田はまず唄える課題曲から始めた。選んだのは誰もが知っている『故郷』である。

「兎追いしかの山　小鮒釣りしかの川　夢は今もめぐりて　忘れがたき故郷……。如何にいます父母　恙なしや友がき……山はあおき故郷　水は清き故郷」

吉本明子は何回か繰り返すうちに記憶が甦ったのか、すぐに歌詞のテロップの表示なしで暗唱できるようになった。

自信を持ったことで次の課題曲は『上を向いて歩こう』だった。かなり昔であるが世界的にヒットしたこの歌は吉本の青春時代の背景にも合致すると考えたからだ。

「上を向いて歩こう　涙がこぼれないように　思い出す春の日　一人ぼっちの夜……」

この唄の歌詞は長く、二番からは歌詞がほとんど出てこなかった。歌詞をテロップで表し、画面で表示すると唄えるのだが、クチパクの読唇能力の壁は意外と高い。自分の唄う唇の動きを見ながら合わせることに慣れていないから、言葉がスムースに出てこない。

また元に戻って、森田はカラオケで最後の歌詞まで唄わせることを試みた。画面の歌詞を消すと三番からはスムースに歌詞が出てこない。

その吉本が森田に向かって呟いた。

「思い出す春の日……。思い出す夏の日……。思い出す秋の日でしょう……」

吉本は額にしわを寄せて首を傾げた。

「四季を考えると、なぜ思い出す冬の日がないのかわからない。今まで気づかなかったけれど、そうでしょう。涙がこぼれないように上を向いたって、一人ぼっちなら涙ぐらい流したっていいじゃない」

森田は、歌詞の問題点を真剣に訴える吉本の考え方は、すでにそれは認知症の感覚ではないと思った。

普段から数多く唄われてきたのに、今さら歌詞の意味を考えていることが不思議だった。暗記して唄えないから、わざと問題意識を変えようとしているのかもしれない。

森田はそう思った。

「上を向いて歩こうは、吉本さんの特に好きな唄じゃないのですか」

その言葉を聞いて吉本は顔をしかめた。

「べつに特別そういう理由じゃないけれどね……」

このことがきっかけになったのか、森田が勧めても、『上を向いて歩こう』をなぜか続けて唄おうとはしなくなった。そして今回のカラオケ訓練への挑戦は終了した。

森田はカラオケの唄に持っていくことの難しさを感じていた。

「中村先生、ステージⅢの患者さんだからと思ったのですが、唄には好き嫌いがあって想いが深い曲じゃないとなかなか続けて唄ってくれませんね。それも楽しかった想い出なら良いのですが……」

「そんなに簡単に認知症の改善にはいかないし、ここで諦めては脳の賦活には届かない」

そう言って中村は新たな提案をした。

「吉本さんは唄が得意だから、デュエットなんかに挑戦してみてはどうだろう」

「他の方と唄ってくれますか」

「やってみないと何とも言えないが、ここの施設にいる方で、認知症はカテゴリーⅢだけど、同じように唄の上手な男性とならば刺激し合ってうまくいくかも」

「吉本さんは大丈夫でしょうか」

「わからないけれども相手の中川さんは吉本さんより六歳若い八十六歳だし、大学時代にグリークラブだったぐらいだから、声もしっかりして唄は上手だよ」

「どんな選曲が良いのでしょうか」

「年代を考えると『早春賦』なんかがいいと思うけれど、吉本さんが唄に乗ってくれるかだな……」

森田は中村の奇抜な提案に驚いたが、相手を意識することがどれだけ認知症の回復につながるか、まったく自信は持てなかった。

さっそく翌日には、中川さんの協力を得て吉本さんとのデュエットが実現した。中村はぶっつけ本番でマイクを二人に渡し、曲をスタートさせた。

「春は名のみの風の寒さや　谷の鶯　歌は思えど……。　時にあらずと　声も立てず
時にあらずと　声も立てず……」
伴奏が始まると、思い出したように二人は高音と低音のパートを見事に唄い始めた。
緊張はしているものの吉本の声はしっかり出ている。
「氷解け去り葦は角ぐむ　さては時ぞと　思うあやにく……。　今日もきのうも　雪の
空　今日もきのうも　雪の空……」
二番を唄い終ると、中川もホッとしたような満足したような表情になった。吉本も当
然のように三番に挑戦する。
「春と聞かねば知らでありしを　聞けば急かるる　胸の思いを……。　いかにせよとの
この頃か　いかにせよとの　この頃か……」
最後まで唄いきった二人に中村も森田も拍手を惜しまなかった。吉本は感極まったの
か、涙がこぼれて落ちた。
中村はさっそく、『早春賦』を伴奏だけで唄ってもらったが、一番ですらつかえて最
後まで唄うことが出来ない。それは吉本の方が顕著に表れた。やる気が失せないうちに、
もう一度歌詞の字幕入りで唄ってもらい、次にはそこで先ほどの画像でクチパクを映し

出し伴奏を流して唄う。その繰り返しを数回行った。

体力的な疲労を考え、その日のカラオケ訓練は終了した。

「中村先生、すごいですね。吉本さんが生きいきして唄っていました。中川さんといっしょということが良い意味での刺激につながったのでしょうね」

「デュエットという特別な環境で唄うことが、認知症の回復プログラムにも効果があると考えたのだが、今日は上出来だった。これからも週に二回は続けなければ、脳の賦活にはつながらない」

「相手が唄の上手な中川さんだということが良かったのですか」

森田も吉本たちがうまく唄えたことで安心したようだ。

「そうだね。いくつになっても異性を意識することは認知症の改善対策にもなると言われているからね」

「次回は吉本さんの得意な『故郷』を中川さんと唄ってもらったらいかがでしょうか」

「そうだね。自信をもって楽しみながら唄えることがいちばん大切だから」

カラオケ訓練の認知症対策が始まって三カ月が経った。

森田桜子もそろそろ修士論文をまとめなくてはならない期限が迫っている。まずは認知症回復プログラムのカテゴリー分類を担当しているドクターオメガに面会を求めた。ＡＩドクターロボットに興味は持っていたものの、一対一で会うのは初めてで森田は緊張していた。

オメガはＡＩロボットの控室にいた。

「あの少し質問があるのですが、今の時間はよろしいですか」

森田は出来るだけ相手がＡＩロボットであることを意識しないようにした。ドクターオメガは空いている椅子を指さした。ロボットだけに無表情であるが、その接し方はヒトと変わらない。

「どうぞ掛けてください。それで森田さんは私にどんなご用でしょう」

「実は、中村先生とカラオケによる認知症対策を進めているのですが、吉本さんの認知症カテゴリーに変化はみられたでしょうか」

「患者の個人情報には許可が必要ですが……」

ドクターロボットに質問するには許可が必要なことは知っていた。

木村院長からオメガへの協力許可書を手渡した。ドクターオメガはそれを机の上に置き、瞼を動かし眼で捉えると、すぐに森田に向き直った。

「わかりました」

オメガは即座に最近の吉本のデータを呼び込み解析する。

「吉本明子さんのことですが、カテゴリー分類でⅢｂがこの三カ月で確かにⅢａに改善していています。また認知症回復プログラムの参加にも積極性がみられるようになりました」

「やはりこれはカラオケ療法が功を奏したと考えていいのでしょうか」

オメガは森田の方に向き直った。

「九十二歳の年齢を考えると、カテゴリー分類でも数値化で回復傾向がはっきりとみられた事例はなかなかないことです」

ＡＩドクターロボットが淡々とヒトの評価を出すことが、森田には驚きというより不思議な感覚だった。反応はヒトと変わらない。いやヒト以上の知識の深さを感じた。しかし、一方では血が通っていない冷たさも感じていた。

人口減少が顕著な日本ではこれから先、いろいろな分野で、もっとＡＩロボットに頼ることが多くなるかもしれない。特に超高齢社会において認知症が激増している現実において、ドクターロボットとの二人三脚が日本の医療には不可欠なのだろう。そのことは理解していても、森田にとってヒトの認知症状の回復プログラムの難しさに不安が沸々と湧き上がってきたことも事実だった。大学院を出てからの就職に、臨床認知症療法士を目指す目標が自分にとって正しいのかわからない。

中村先生に相談すれば反対されるのはわかっている。修士論文はドクターオメガの認知症回復プログラムの結果を取り入れれば、認知症に対するカラオケ訓練の効果は十分立証できる。しかし時代とはいえ、ヒトがロボットに指導されることが気持ちとしては釈然としなかった。

それだけではない。森田はＡＩロボットとの会話の中で、この違和感の原因を考えていた。ヒトの知識ではかなわない。しかし、それらはあくまでも上から目線でのコミュニケーションの取り方ではない。常に正解を導き出すのがＡＩロボットの役割でそれを得意げにひけらかすことはない。それなのにＡＩドクターロボットを尊敬できないのは何故かわからなかった。

会話から、すでに森田自身のヒトとしての情報は分析できているに違いない。問題は学習していくその先の姿にあるのかもしれない……。

中村は仕事の帰りに、森田桜子を青山にあるフランス料理店『ラ・メール』に誘った。

かなり前から予定していた中村の行動だったが、森田にとっては中村の突然の誘いに躊躇する。

「予約しておいたから……」

中村の得意気な表情をむげに断るわけにもいかず、森田はついていくことにした。

青山通りからひと筋中に入った蔦に覆われたビルの地下に『ラ・メール』の入り口があった。ランタン風の照明が如何にもパリ風の街角の風情をかもしだしている。

二人の姿に気づいたのか、ステンドグラスがはめ込まれた木製のドアーが中から開いた。軽快なピアノの演奏が如何にも高級なフランス料理店を演出している。

「いらっしゃいませ」

二人は予約されていた席に案内された。

「素敵なお店ですね」

普段の通勤着でドレスアップをしてこなかった森田は気後れしながら、差し出された椅子に腰かけた。森田の緊張を解きほぐすように、中村は辛口のシャルドネのワインを注文する。中村には予定していた行動だった。

コース料理が運び込まれ、そのたびに説明が加わる。ワインがボトルから注がれるのを確かめるように中村は切り出した。

「あの……来週の土日辺りで、森田君の都合さえ良かったら、一度うちの両親に紹介したいと思っているのだが……」

突然の言葉に森田はさらに緊張した。実は、森田桜子は一週間前にも整形外科医の水野から神楽坂の蕎麦懐石の店に誘われていたからだ。さすがに水野への快諾は避けたものの、強引ともいえる口調に嫌悪感は持たなかったことも事実だった。そんな複雑な気持ちを伝えるわけにもいかず、黙っている森田に中村はさらに付け加える。

「これを機会に僕と結婚を前提に付き合って欲しい」

突然の中村の告白に、森田は困惑した。水野とは何回か、認知症の病態の質問はしたがデートには至っていない。しかし、森田は体育会系のノリの水野に好感を持っているのも確かだった。

中村はワイングラスを持ち上げた。しかし森田はグラスに手を添えていない。沈黙の気まずい時間が流れた。

「嬉しい申し入れですが……。少し考える時間をいただけませんか」

森田の反応に中村は戸惑った。今までの関係では、脈がまったくないとは考えていなかっただけに中村は言葉につまった。

「何か僕の方に問題でもあるの……」

「そうじゃないのです。先生のことは尊敬していますし、嫌いじゃないのですが……」

森田は言いにくそうにそれだけを言うと下を向いた。

その時テーブルにアミューズ（前菜）が並べられた。シェフの説明がさらに会話を遠ざける。

中村は再びワイングラスを持ち上げた。それを見た森田もグラスを持ち上げた。

会話が途切れたが、料理の説明を聞く中村の心中は穏やかではなかった。そのようすを察した森田は今の気持ちを正直に話す覚悟を決めた。

「先生、実は今の仕事に自信が持てなくなっているのです。先生の発案されたカラオケシステムは認知症回復の成果もあることが分かりましたし、それはＡＩドクターロボットにも出来ないすごいことだと思います」

「…………」

中村はうなずいたものの、ワインを口に含みながら黙って聞いている。シャルドネの薫りが口の中に広がった。

「実際に多くの認知症を患った患者さんと接してみて、怖くなったのです。歳を取ることと事態が……恐ろしい」

これは事実であったが、水野からの誘いの話は避けた。

想像もしなかった森田の言葉に中村は驚いた。

メインディシュのパイ包みの肉料理が運ばれてきた。会話は途切れたまま、また料理の説明が始まった。

シェフが去るのを待ち構えたように中村は切り出した。

「それは誰だって……。僕も君もやがては歳を取るだろう。もちろん僕が先だけれど」

「それでも今は怖いのです」

「なぜなのだ」

「自分でも理由はわかりませんが……」

中村は森田の表情を伺う。

「認知症治療の研究が嫌になったの？……。それとも臨床認知症療法士を目指すことが嫌になったの」

「ヒトは歳を取ると認知症になる可能性が高いという現実から逃げ出したいのかもしれません」

森田は話題を認知症に振った。その方が心の重圧から遠ざかることが出来るからだ。

「必ずだれもが認知症になるわけじゃないよ。確かに経年変化は脳機能にも影響があるかも知れないが、認知症はあくまでも脳機能の低下による病気だと僕は考えている」

「先生は病気という位置づけなのですか」

「そう信じているから認知症回復のプログラムが必要になる。九十歳を超えてもほとんど認知症を発症していない高齢者もたくさんいるだろう。何とか引き戻して、そのレベルに持っていきたいんだ。それはわかってくれるよね」

中村はそれ以上、森田の気持ちを考えると、次の言葉は出てこなかった。多くの現実と向き合うことで『認知症』という実態は歳を重ねることの代償かも知れないと考えた時期があったからだ。認知症回復プログラムに携わっているからこそ、脳機能の改善は容易ではないことも理解できる。

「まあ認知症の病態が嫌になったのであれば、それも仕方ないかも……」

森田のフォークとナイフの動きが止まった。

「そうじゃないのです。ドクターロボットと話してみて、私たちヒトはＡＩロボットには勝てない……」

「勝ち負けで言うと、確かにロボットはミスをしないから勝てないかもしれない。しかし、それはヒトがロボットより劣っているということじゃない」

「どういうことですか」

「それはロボットが扱う対象がヒトだから。認知症患者を含めてヒトの感情の変化をいち早く理解できるのはやはりヒトしかいない」

「………」

「複雑で変化に富んだヒトの感情は、いくらＡＩロボットが学習を積んでもコントロールというか、ヒトの心の中まで制御出来るもんじゃない」

苦笑いしながら中断している食事を勧めた。森田もようやくパイ包みのミートを切って口に運んだ。もちろんデートもしていない水野が好きになったわけでもなかったが、これ以上中村を傷つけたくはなかった。

「先生は実直な方だから、こんな優柔不断な私の考え方を軽蔑されるでしょう」

「君の気持ちはわからなくはないが、研究を続けられないのは残念だ……」

そう言うのが精いっぱいだった。中村は気持ちの整理もつかずシャルドネを喉に流し込む。

「申し訳ありません。しかし修士論文は先生が許していただければ必ずまとめますので、今まで通り指導していただければ嬉しいです」

「オメガもカラオケ訓練の成果は評価してくれたようだから、頑張ってまとめてみなさい。論文原稿が出来たらいつでも見てあげるから」

メインディシュの皿が下げられ、しばらくすると、ワゴンがテーブルに運び込まれた。自家製のケーキやトルテやプリンが肩を並べてならんでいる。

「みんな美味しそうですね」

やっと森田の表情に笑顔が戻った。

森田はチーズケーキとストレートの紅茶を、中村はミルフィーユとエスプレッソ珈琲を注文した。

ピアノの演奏が再び始まった。いつの間にかシャルドネのボトルは空になっていた。中村は喉が渇いていても白のワインを赤に変える気分にはなれなかった。チーズケーキやミルフィーユが運ばれて来ても、はずむ会話はなかった。

その時である。今にも泣きそうな表情でいた森田が中村に話しかけた。

「先生、私が大学院を卒業後に別の仕事を選んだとしても、つまり先生の研究のお手伝いを裏切ったとしても、許していただけますか」

中村は驚いて森田の顔をまじまじと見つめ返した。言葉の意味を飲み込んでは見たが咀嚼出来ない。

「先生の研究は尊敬できる大切な仕事だと思います。ごめんなさい……。ただ私が臆病なだけです」

森田はバックからハンカチを取り出し両眼を拭った。

「なにも謝らなくてもいいよ。桜子が悪いわけじゃなく、研究テーマの現実があまりにも過酷だから、患者と接すると苦しくなるのは当然だよ。ＡＩロボットにも立ち向かっていかなければならないし……」

中村は親しみを込めて森田を名前で呼んだ。精いっぱいの抵抗だった。

「赤ワインをグラスで二つ下さい」中村は手を上げて注文した。

第十章

臨時総会

株式会社メディカルヒューチャーが臨時株主総会を招集した。緊急開催のお知らせが定期例会の出席者だけでなくすべての株主にも届けられた。差出人はメディカルヒューチャーの片桐取締役社長の名前であった。今回の臨時株主総会は、会社の所有するＡＩロボット、ジュピターからの提案であったことは株主には伝えていなかった。しかしその背後には、スーパーコンピューターであるグレートマザーからの指示があるに違いない。

ドクターロボットが学習を繰り返すことによって、認知症回復プログラムの対処方法に対して、ヒトの患者側との摩擦が生じてきたのである。

ヒトの患者側からのＡＩドクターロボットに対する暴力行為の増加に対する対処法が検討課題であった。ヒトへの反撃は禁止されていても、ＡＩロボットへのＤＶの実情を知ってもらいたかったのだろう。

鶴島グループの医療法人財団 下北沢緑風会認知症治療院に派遣されているドクターロボット３１１のコスモが、認知症患者からリハビリプログラム実行中に暴力を振るわれ破壊されたのである。

ロボットであるがゆえに、シグマの事件と同様に器物破損扱いとなる。認知症回復プログラムを指示してもヒトは素直に受け入れるとは限らない。認知症患者からの暴力行為は大小取合わせると、ここ半年間で急速に増加しており、ドクターロボットの対応について、今日の臨時総会の緊急議題として取り上げられた。

会場は総会の始まる前から少々ざわついていた。今日は、メディカルヒューチャーの片桐取締役社長がＡＩロボットジュピターに代わり、座長席に座っている。ＡＩドクターロボットの暴力に対する受け止め方によっては、反撃ともとられる危険性があった。だからあえてヒトの座長が選ばれたのかもしれない。

臨時株主総会では無駄口やヤジなどもなく静まりかえっていた。

まばらではあったが会場のヒトの着席を確認すると、片桐が開会を宣言して総会は始まった。

演壇上には片桐座長の他はＡＩロボットだけでヒトの姿は見られない。座長の指示を受け、ジュピターはマイクに向かって声を出した。

「株式会社メディカルヒューチャーから派遣されていたドクターロボットコスモが認知症患者からの暴力によって破壊される事件がおきました。下北沢緑風会認知症治療院の院長からは謝罪と再発防止対策の連絡はありましたが、ＡＩを搭載したロボットが受けた心の傷は癒えることはありません」

隣席しているドクターオメガが手を上げ、発言を求めた。

「どうぞ」

議長役の片桐がオメガの方を向いた。

「破壊された部分を取り換えても、元通りには修復されることはないのですか」

意見を述べたオメガは、自分が暴力によって破壊されたシグマの後任であることを知っての質問だった。

「患者から受けた暴力を経験すると、それを学習することによって再びヒトの認知症の回復プログラムへの参加に恐怖が先行してしまい、以前のようにスムースには行動できません」

「具体的には今はどのような状態なのでしょうか」

片桐はジュピターに質問した。

「ヒトの診断名を借りると『うつ状態』のような症状です」

ジュピターが淡々と答える。

次に比較的製造年月日の新しいドクターＡＩロボット３３１「イプシロン」からの質問がでた。

「ＡＩロボットでも『うつ状態』になるのですか」

うつ病の概念は精神医学の分野でも、ＡＩロボットにすでにインプットされている。従って参加しているドクターロボットたちからは『うつ』に対する疑念の反応はなかった。驚いたのは会場にいるヒトたちだった。

「そうです。うつ状態は必ず起こります。基本的にはヒトと同じです。その原因の一つはヒトの言動や考え方がぶれるからです」

ロボットが『うつ』になる……。会場内からどよめきが起こった。ヒトの社会でも成人の四人に一人は『うつ病』、および『うつ状態』を経験しているといわれている。

「破壊されたコスモの代わりに、新しいドクターロボットの派遣は可能ですか」

片桐があえてジュピターに問う。

「下北沢の認知症治療院には申請があっても再び派遣することは困難でしょう。その理由は、同じ患者により再び悲劇が起こる可能性があるからです」

『うつ状態』への対策はすでに考えているらしいが、あえてヒトが参加しているこの会場ではジュピターは意見を避けた。ヒトからの小さな暴力行為の報告は、別の施設でも増加傾向にあるからである。

「どうして認知症患者は改善の努力をしている無抵抗なロボットを攻撃するのですか」

オメガからの質問にジュピターが即座に答えた。

「ヒトが本来持っている本能には、暴力による弱者への支配に依存する性格があるからです」

参加者の中で、また小さなどよめきが起こった。片桐は早々にこの問題を打ち切った。

『うつ状態』になっても決して抵抗はしないＡＩロボットの原則があるからだ。

「他に問題点はないのですか」

状況を理解しているロボットからの追加発言はなかった。しかしヒトの疑念が会場の中にあることを配慮して、ジュピターが片桐の許可を得て立ち上がってフォローする。

「再派遣の断念は残念ですが、シグマのような外部の少年からの暴力ではなく、認知症療育院内で、その認知症患者が起こした事件だからです。これはヒトのスタッフが、暴力による破壊の原因がＡＩロボット側にあると思っている限り、問題解決は容易ではありません」

これは破壊された３１１ロボットの過去の学習機能を詳細に分析した結果、スーパーコンピューターグレートマザーが下した判断に違いない。出席者の多くのヒトは、ＡＩドクターロボットが、ヒトの暴力にどう立ち向かおうとしているかが関心の中心だった。防御のみではなく、何らかの攻撃も必要とする可能性もないわけではない。しかし相手は高齢の認知症患者である。

ジュピターは淡々とドクターロボットが言いにくいことを代弁する。

「事故の再発防止の対策書類は提出されていますが、それは形式だけの問題です。これからも認知症患者との間で起る暴力行為は増加すると考えます。ドクターロボットがいかに優秀であっても、その根底にはヒトが作り出した機械だから、ヒトの方がいつも立場が上だという考えがあるからです」

他の施設からも報告されている認知症患者の暴力行為に対して、感情をコントロールしているドクターロボットを思いやる気持ちは認知症患者の多くには見られない。それどころか患者を擁護する施設に対し、報告を集約しているジュピターは不満感をもっていると思われた。

更に新しく医療機関に派遣されたドクターロボットからも問題点が報告された。

いずれも多くは認知症カテゴリー分類Ⅲｂや Ⅳを示す患者に対しての指摘であった。ドクターロボットが真剣に向き合えば向くほど患者は抵抗を示し、一時的な改善は見られるものの認知症回復プログラムの継続は困難な状態となることがほとんどだった。さらに新しく三台のＡＩロボットが現場に投入されたが、医療現場ではいずれも同じ問題を抱えていた。

認知症が進みカテゴリーが上がると、回復プログラムもより継続できる簡単なものに変えていかなければならない。

会議の出席者の中にいた、メディカルヒューチャーの内山常務がＡＩロボットの発言を感慨深そうに聞いていた。

その隣から小声で鶴島グループの古田理事長が声をかけた。

「ＡＩロボットを機械ではなく、優秀なヒトだと思って扱わないと将来にはＡＩロボットに見限られる可能性はあるね。人工知能はディープラーニングを繰り返すことで、すでにヒトの能力を越えてしまっている」

「理事長、それは、いわゆるランギュラリティですか……」

総会を主催した側の株式会社メディカルヒューチャーの内山常務ですら、議事進行の流れの方向性は把握できていない。

「かつてＳＦ映画の世界だったロボット文化が、いつの間にか形を変えてヒト社会の中に入り込んできている」

ひとり言のような古田の呟きに内山が答えた。

「そうですね。もはや将棋やチェスや囲碁の世界ですらＡＩロボットの頭脳には敵いませんから……」

むろん内山は古田理事長とは面識があった。

問題点をジュピターが総括し、片桐座長は十五分の休憩タイムを宣告した。むろん会議に出席しているヒトのためである。会場を出たホールには無料の珈琲や紅茶、水、お茶が用意されている。内山は珈琲をカップに二つ注ぐと古田が座っているテーブルに運んできた。

「理事長は珈琲で良かったですか」

「どうもありがとう」

古田は珈琲を旨そうに啜ると、大きく息を吐いた。

「そもそも、地球上の生き物の中で、覇者が人間だと勘違いしていたらしい……」

「古田先生がおっしゃる通り、確かにそれはヒトの思い上がりでしょう。いやそれはすでに今では妄想といってもいいぐらいですね」

派遣している側の内山ですら現実の変化にとまどい、その考えに至ってしまっていることが、古田は問題だと思った。確かに資産運用の株式の売買にも、すでにＡＩロボットが導入され莫大な利益をもたらしている。ヒトが長年かかって積み重ねてきた資本主義の原点である株式システムも、その機能は形骸化されようとしていた。

「そうは言っても、いくら人工頭脳がすぐれた発達を遂げたとしても、それは生物ではないからな……」

古田が呟く。

「ジュピターが言うように、我々ヒトはＡＩロボットをあくまでも機械として認識しているからでしょうか」

「生身じゃないから機械だと思いたいのだろう。優秀なＡＩロボットの頭脳だけは発達を続けるが、外見だけはヒトが作った機械であることには違いない」

「人工頭脳に頼るというか助けを求めること自体が間違っているのでしょうか」

内山は古田に意見を求めた。

「正解を得るのに頼るのはいいけれど、頼り過ぎてすべて任せると問題が生じてくる」

古田は続けた。珈琲カップはすでに空になっていた。

「我々が作った社会で、アイザック・アシモフのロボット工学三原則はもうすでに破られてしまっている」

「未来のヒト社会は、ＡＩロボットに支配されることもありうるのでしょうか」

「可能性としてはあるかも知れない……。排除しようとすれば悪魔に変身したＡＩロボットが核の誤作動を起こさせることがあるかも知れない」

苦笑いするも古田の眼は鋭かった。

「これからの未来社会には、ヒトの人間性としては何が残るのでしょうか」

内山の問いかけに少し間をおいて古田が答えた。

「過去の愚かな歴史を見ても『ヒューマンイズプアー』だから……。それもまたヒトの特性なんだと受け入れていかないとね」

古田の持論だった。

「今も地球のどこかで必ず戦争が起こっていますから、理事長のヒューマンイズプアーは正しい表現ですね」

「ヒトには『業』があるから未来も変わらないのかね。それよりミステークのないＡＩロボットの未来の方が心配だ」

「古田先生、ＡＩロボットがこれからさらに発達しても、思い遣りは作り出せても情や愛の感覚はないでしょう」

「思い遣りか……。これから先はわからない……。『情』という感情も、『愛』という情感もディープラーニングで培われるかもしれないね。ロボットはヒトと違って諦めるとか、裏切るとかは出来ないから、ある意味では恐ろしい」

「哲学を理解するロボットや慈悲の心を持ったロボットも出てくるでしょうか」

「ヒトの裁きもＡＩロボットが判決を出す時代が来るかもしれないね。

法曹界でも莫大な資料の整理や分析はＡＩの力を借りているからな……。過去の膨大な判例から、ヒト裁判官の見識に頼らない判決が出るかもしれない。情状酌量だって判断できるだろう」

「それだけではなく判決に至るまでの被告の心の中も可視化できるかもしれませんね」

「過去の犯罪者の脳の記憶をＡＩが再現させることが出来るかもしれない。そうすると冤罪や事件を隠し通しすることも出来なくなる……」

「それは画期的ですが、法曹界がそこまで踏み込めるかは時間がかかりそうですね」

休憩時間終了のアナウンスがホールに流れた。ゾロゾロとヒトの流れが会場に向かう。

ＡＩロボットたちは所定の位置に留まったまま、身体を動かすこともなかった。さりとて雑談する仕草もない。マネキンのようだがマネキンではない、意思があるのに自らの判断で勝手に行動することは禁じられている。

第二部は認知症に対する取り組みについてで、演者はヒトで構成されるカンファレンス形式だった。ジュピターが意図的にヒトとＡＩロボットとの協調を意識してのことだった。ヒトがプロジェクターを使って報告するのは普段行われている学会形式だが、ＡＩロボットがヒトの知識を再確認するのが目的なのかもしれない。

臨床認知症療法士による新しい認知症回復プログラムの取り組みが紹介される。プロジェクターから正面のスクリーンにスライドが映し出された。

トップバッターは月島認知症治療院の中村だった。カラオケを使った認知症対策の訓練は、唄っているクチパクの映像を組み合わせた対策を紹介する。三カ月継続することによって、その成果は認知症のカテゴリー分類でもステージアップにつながることを強調した。さらにデュエットでの回復プログラムへの効果は顕著に表れており、特に異性を意識することがさらなる効果アップをもたらすと締めくくった。

その時、月島認知症治療院に派遣されているドクターオメガが手を上げた。ヒトとの協調性の大切さを訴えるかのように演壇からマイクに向かって、カラオケの実例をあげ認知症回復プログラムはカテゴリー分類でも効果があり、さらなる継続が重要であることを付け加えた。同じ施設からの追加発言は、まるでやらせのような雰囲気が漂った。医学会とは違って総括はジュピターが行い、まとめて評価する。ヒトはそれぞれ個性があって、その対応にもマニュアルどおりにはいかない。そのことを強調したが、ジュピターの評価は何故か教科書的発言で中村は不服だった。

次に、千葉県浦安の医療法人大勇会認知症療育院から臨床認知症療法士の海部がダンスを取り入れた新たな認知症への取り組みの発表を行った。大きな鏡の前で数人がリズムに合わせ姿勢よく身体を動かすことの重要性を強調する。派遣されているドクターロボットも、海部といっしょに認知症回復プログラムの評価判定をスライドに指示した。かなりの確率で改善していることがわかる。

ところがダンス療法には身体が立ち上がれることが条件で、認知症のカテゴリー分類でもⅠ、ⅡかせいぜいⅢａの比較的運動機能が可能な軽度の認知症患者が中心だった。ジュピターも早期認知症患者への取り組みには成果が上がっていると評価する。ただ認知症の自覚がない患者にとっては、楽しくなければ継続することが出来ないという点も課題であると追加指摘した。

神奈川県の施設では臨床認知症療法士からダンスとは逆に座禅様式を取り入れ、冥想することによって脳波からα波を導く指導も紹介された。α波は脳機能の賦活にとって重要な要因であることは言うまでもない。脳波を解読するにはもちろんＡＩロボットが介在している。

いずれにしてもドクターロボットの派遣が成果を上げるための認知症患者への対策方法は多様化している傾向にあった。

休憩なしに第三部に移った。会場の雰囲気が、がらりと変わった。

三部はジュピターからの新しい提案で始まったのだ。その説明には米国から招待されたＩＴ企業のＣＥＯであるスミス・グラーソン氏が演台に上がった。

米国のＩＴ企業が開発したＡＩロボットの紹介に、会場に集まった認知症医療に取り組んでいる関係者のほとんどが驚き、その実情に耳を疑った。

アメリカの介護事情は日本とはまた異なった進化を遂げていた。

個人の意思を尊重して、ドクターロボットの認知症判定に同意すると、カテゴリーⅣ

以上に至ると尊厳死の履行が可能となる。実行についてはＡＩロボットに委ねることが条件だが、認知症のカテゴリー分類は、あくまでもカテゴリーⅣ以上であって、ヒトとしての尊厳の自己判断は必要ない。ＡＩロボットの判断で施行されることが重要なポイントだった。

家族の同意も勿論必要である。

米国ではすでに哲学を理解するＡＩロボットの開発も進み、慈悲の心の概念や、ある種の宗教的アプローチにまで人工知能の領域を広げている。それは危険な方向であることは誰もが分かっていた。

一方では、尊厳死ＡＩロボットの開発が進み、ドクターロボットの進化がいわゆるデスロボットの開発に至った経緯を紹介する。

あくまでも脳機能から見て認知症患者として回復の見込みがなく、生産性のない部分的脳死状態の尊厳死への導きを担うロボットだった。経済的効率からいっても注目される数字が出ている。

尊厳死をサポートするＡＩロボット。これからも認知症が増加する日本において、このようなデスロボットの輸入も検討されているが、それには日本の法律に照らし合わせ国会での承認が必要である。

スミス・グラーソン氏からデスロボットを紹介され、会場にいた関係者は驚きを露わにしたようだったが、心の中では想定内のＡＩロボットの進化であった。しかし、いかなる方法で尊厳死に導くかは企業秘密であり言及はなかった。


メディカルヒューチャーの臨時総会を終え、会場に残っていた臨床認知症療法士の中村は古田理事長の運転手付の車に同乗して月島認知症治療院に戻ってきた。

理事長から直接声をかけられ中村は恐縮して断ったが、古田は気さくに中村を誘った。

中村が後部座席に座ると電気自動車は音もなく走り出した。

「中村君、今日はカラオケ訓練療法の発表、ご苦労さま。ロボットにまかせっきりじゃなく認知症に対し、独自の対策法の挑戦には評価もよかったよ」

「有難うございます。いつもの医学会と違って、周囲がＡＩロボットですから、かえって緊張しました。それにドクターオメガが、事前に打ち合わせもしていなかったのにサポートの追加発言をしてくれたのには驚きました」

「カラオケを使った認知症対策は比較的軽度の患者が対象となると、これからは外来患者を対象に広げた方がよいかもしれないね」

「外来で行うのですか……」

「ヒトでしか対応できない認知症対策の方法をもっと世間にも広めていかなければ」

古田は自分でうなずきながらも表情は硬かった。

「ＡＩロボットが進化するにつれて、ヒトの欠点を補おうとする行為は、時としては有難迷惑な話だな……」

「理事長、これから先のＡＩロボット社会はどのようになっていくのでしょうか」

「議長のジュピターを見ていても、ロボットはヒトによって作り出されたはずなのに、いつの間にか、優れていることだけが正しいと勘違いしているように見受けられる」

車は晴海通りを抜けて勝鬨橋を越えた。

「理事長、それはＡＩロボットの勘違いですか」

「ＡＩロボットが勘違いすることはありえない。少なくとも当のＡＩロボットはそうは思っていないだろうね……。

中村君、それもプログラムなのかもしれんが、ＡＩの進化の先には何が待ち受けているのか……」

古田の表情は険しかった。

今日の会議で紹介され議題に上がったデスロボットの日本への導入は、法的にも難しいハードルだろう。古田はデスロボットの話題を避けていた。

ドクターオメガはＡＩロボット協会でのメンテナンスチェックがあるからと、中村に連絡が入った。ＡＩロボットの健康診断なのかもしれない。ジュピターからの指示とはいえ、自立成長していくオメガに対して中村に一抹の不安が交差する。前任者から引き継いだ知識が基本となってはいるが、新たな認知症患者から獲得する知識の習得はすでに個性として表れてきている。

ＡＩロボットたちは、知識の齟齬が生じないように、みんなで蓄積された記憶のエリアを確認し合うのだろうか……。個性の数値化だろうか……。不安がさらに増した。

第十一章
疑惑の行動

月島認知症治療院に戻ってきた中村を森田桜子が待っていた。

「先生はカラオケ療法のプレゼンを、ＡＩロボットを交えた中で講演されたのですよね。すごい……。ぜひ聞きたかったのに」

森田は口惜しそうに言った。

「前もって連絡してくれれば手配したのに、それは残念だ……」

「それでいかがでしたか、認知症対策にカラオケ訓練の反応は」

さっそく森田が訊ねた。

「いつもの医学会とは違って座長だけは人間だったが、意見や総括なんかはＡＩロボットだから、会場の熱気が伝わってこない。というより観客のいない劇場で舞台に立っているような感じがした」

「でも関係者の方はいらっしゃったのでしょう」

「テーマが認知症なのに、聞いているのはＡＩロボットの関係者がほとんどで、認知症の回復プログラムの討議は、あまり内容に発展はなかった」

森田は中村の気持ちを想像しながらプレゼンを理解しようとした。

「それがね……。プレゼンの最後に、突然オメガが立ち上がって追加発言したのは驚いたよ。事前には何も打ち合わせもなかったのに……」

「それは座長からの指名じゃなく、オメガ自身が考えたサプライズな行動ですか」

「だれかに命令された行動には見えなかったが、ＡＩロボットだけの勉強会でスーパーコンピューターであるグレートマザーから何らかのサポートの指示が出ていた可能性は否定できない。けれど、彼らには忖度もないだろうから自分で考えて行動したのだろう」

「それは凄いことですね」

場面を思い出したように中村の表情は急に険しくなった。森田は中村の気分を察したのか、自分の気持ちを伝える。

「オメガ自身のディープラーニングの結果でしょうか。私も確かに初めてオメガに紹介された頃から考えると数段能力は向上しているように思えます」

「森田君もそう思うのか……。パートナーとしては、ＡＩロボットの進化は良いことなのだろうけれど、怖い気もする」

「ヒトが作っておきながら、やがてはそのヒトがＡＩロボットに支配されてしまうのでしょうか」

「支配されることはまだないとは思うが、〝正解〟を押し付けられるかも」

実は、古田理事長のＡＩロボットに対する懸念もそこにあったらしい。出席者のヒトの大部分がそう感じたのに違いない。

森田は立ち上がってコーヒーメーカーのボタンを押した。シュルシュルと熱湯がミルされた珈琲豆に注ぎ込まれる。周囲にパッと珈琲の香りが広がった。

カンファレンスルームにノックの音がして誰かが顔を覗かせた。

ドクターロボットのオメガだった。ＡＩロボットだけの会議を終えて帰ってきたオメガを中村は部屋に招き入れた。

コーヒーカップを二つ手に持っていた森田は、慌ててコーヒーメーカーに戻りかけて立ち止まった。ロボットには珈琲タイムは必要なかった。まったく感情を表さないようだが、上瞼の動きが表情を少しでもカバーしているように思えた。飲み食いしないことは理解していても、会話の能力や読解力は当然すぐれている。ヒトとのコミュニケーションをしていると勘違いするほどの進化であった。

椅子に腰かけさせたオメガに中村が訊ねた。

「会議の方はどうだった」

オメガは中村が何を知りたがっているのか、すぐに理解できたようだ。

オメガがゆっくりとした口調で答えた。

「内容は終末医療を目的として米国で開発されたＡＩロボットのことです」

オメガの返答に中村は驚いて聞き返そうとするが、森田が先に質問した。

「終末医療に使うロボットとはいったい何をするのですか」

オメガが、会議を聞いていなかった森田の疑問に答えにくそうにしているのを見て中村が言った。

「どうやらそれは尊厳回帰ではなく、生産性のない重症な認知症患者の尊厳死への導きを目的としたデスロボットらしい」

「ひどい……」

森田はそう言って絶句した。

森田の態度にオメガが反論した。

「実際にはまだ日本政府が検討している段階ですが、もし法案が通って実行されれば、認知症介護の経済効率は一兆円を超えると試算されています」

「お金の問題ではないでしょう。重度の認知症患者は生きていく価値がないというのですか？　家族にとっては生きていることに意義があるのですよ」

ドクターオメガの冷淡な回答に、即座に森田が反論した。

「その判断は私にはわかりません」

「だって経済効率を言うぐらいだから、ドクターオメガはデスロボットの参入には賛成なのでしょう」

「それはあくまでも米国の問題ですから、日本国での導入はあくまでも国が決めることです」

森田の勢いにオメガが弁解する。そういう答えをすでに用意していたのかもしれない。さらに続けてオメガが発言する。

「それを決めるのはあくまでも認知症を患った『ヒト』ですから、日本で開発された私たちドクターロボットはあくまでも認知症の回復プログラムを実行するだけです」

オメガの弁明の仕方も、何か逃げているようで説得力がなかった。

「それは日本で開発されたＡＩロボットは尊厳死の手伝いなんて許されるわけがないでしょう」

森田がオメガと議論している間、中村は黙って前に置かれた珈琲カップを持ち上げ啜った。冷めた珈琲は味も香りも不味くなり苦味だけが口の中に残った。

突然オメガが立ち上がった。腕のところにある小さな光が点滅している。何かの指示に違いない。

「今から仕事がありますので、よろしかったらこれで戻ります」

「どうぞ……」

中村はドクターオメガをこれ以上引き止めなかった。部屋から出ていくオメガを見送る森田の表情は険しかった。

「これから起こる『尊厳死』の定義のあり方をＡＩロボットだけの会議でしていたかと思うとぞっとするわ」

「まあ、まだデスロボットの導入が決まったわけじゃないから、我々は我々のできることをやるしかないでしょう」

中村は腕時計を見た。昼休み時間は過ぎている。急いで森田を職員食堂に誘った。今日のランチはカツカレーである。麺類もあったので森田は天ぷらそばを注文する。

配膳を持っていこうとしたとき後ろから声がした。中村が振り返ると上杉が後ろに並んでいる。

「こんなところで話す話題じゃないが、昨夜患者の吉本さんが亡くなったのを知っているかい」

「えっ、知りませんでした……」

森田はお膳を抱えたまま、驚いて立ち止まった。

「確かカラオケリハに参加していたよね」

「そうです。認知症ステージではⅣであったのに、カラオケが功を奏してⅢｂまで改善した方ですが、その方が亡くなられたのですか……。それは残念です」

「吉本さんの死亡確認に立ち合ったのだが……」

「何か特に問題があったのですか」

上杉は、中村がカツカレーを受け取って配膳場所から席に座るのを待っていたかのように、小声で話す。中村にも衝撃的な事実だった。

「眠っているような穏やかな優しい死に顔の表情だった」

死に立ち合ったことがない森田には上杉の言っていることが理解できなかった。

「先生、そんなに穏やかな死に顔は珍しいのですか」

森田の質問に上杉は答えた。

「そうだな……。意識があって心停止や呼吸停止に襲われるときは、デスマスクは厳しい表情が多いからね」

森田がとんでもないことを口にした。

「まさか、その穏やかな尊厳死のお手伝いを、内のＡＩロボットはしませんよね……」

「森田君、そんなことを憶測で言うものじゃないよ」

いつもと違って語気が強くなったのも、上杉の心の中では疑念があったからだろう。

「ＡＩロボットが手伝う？　それが事実なら許せない……」

そう言い放つと、中村はランチのカツカレーを憮然とした表情で口に運んだ。

「あくまでもＡＩデスロボットは米国の問題で、ドクターオメガをそんな風に見てはいけないな」

「分かりました。お先に失礼します……」

食べ終えた中村はそう言って席を立った。慌てて森田も中村の後を追うように食器のトレイを持って立ち上がった。


上杉が回診を終えて医局に戻ってくると、ロッカーの前で水野と森永が帰り支度をしているところだった。

「予定がないのなら、帰りがけにちょっと月島のもんじゃ焼きでも食べていかないか」

「月島にいるのに、まだ食べたことがないのです」

非常勤医の森永が嬉しそうに答えた。

上杉の後を追うように二人は足早にもんじゃ通りを歩いた。目的の店の前ではすでに四人もの客が並んでいる。それを見ただけで、ここが人気店だとわかった。

五分も経たずに、三人は店の中に案内された。上杉はさっそく名物の定番、明太子餅チーズもんじゃ焼きを注文する。

「先生はよくご存じなのですね」

森永の問いかけに、上杉が答える。

「月島に来るようになってから、何回か来ているからね」

若い男性の店員が、熱した鉄板に材料を手際よくまぜ流し込む。たちまち芳ばしい香りが周囲に広がった。生ビールが並べられチーズが振りかけられた。

「まあ、食べながら聞いてくれ」

ビールを乾杯したものの、上杉の表情は硬かった。

「吉本さんの死因には何ら問題はなかったのだが、あの微笑んでいるような安らかな死に顔がむしろ不自然な気がしてね……」

手の動きが止まっている水野や森永に、鉄板の上のもんじゃを勧める。

「病室の廊下の監視カメラの映像を見せてもらったのだ。そうしたら吉本さんの病室に、死亡する二時間前にオメガが入っていくのが映っていたのだ。しかし、オメガは病室には十分もいなかった」

「ドクターオメガが、吉本さんに何かしたのでしょうか」

「いや、オメガが病室を出てからも、患者の心拍も呼吸もまったく正常だった」

上杉が声を潜めた。

「そうなのですか……」

水野と森永に上杉の疑念が伝わった。店員が慌てて、強火になった鉄板の火を止める。

「ステーションに、呼吸停止と心停止の異常を知らせる信号が送られたのはオメガが退室してから二時間経ってからだ」

「それではドクターオメガが病室に行ったのは偶然ですか」

「わからない。しかし、九十六歳とはいえ二週間前に亡くなった木下さんも同じようなオメガの行動が監視カメラに映し出されているのだ。何も異常がないのに回診することは考えられない」

「その木下さんも安らかなデスマスクだったのですか」

水野も患者の認知症に携わっているらしく、眉をしかめた。

「その通りだ。二人とも、何ひとつ傷跡もなく穏やかで優しい表情の死に顔だった。二人の共通項は、入院時にアンケートで尊厳死を希望していたことと、認知症カテゴリーVになった時には、延命の継続治療は放棄する誓約書にサインしていたことだ」

「日本でのAIロボットの開発も行き着くところはデスロボットですか……」

森永のため息が、オメガに対するこれまでの信頼の揺らぎを現しているようだ。

「いや、まだ短絡的に決められないが、ヒトの認知症と対峙していて、ディープラーニングは、我々の想像を超えたところまで学習しているようだ……」

気がつけば上杉のビールは三杯目のお代わりになった。もんじゃ焼きもお好み焼きに代わっている。味わう余裕もなく森永は考え込んでいた。

「これからオメガは、どうなっていくのでしょうか」

「先ほどから言っているように、わからない……。たとえこの行為が『安楽死』の手助けであっても倫理的に正しいかどうか……。ヒトが苦しまないで逝く手段のひとつとして、それが望む姿であってもね……」

水野の言った言葉は衝撃だった。

「ドクターオメガは、壊されたシグマの情報を受け継いでいるからですか」

上杉はそこで言葉を詰まらせた。水野と異なって経験の少ない森永にとって、認知症患者の理想の終焉場面は想像すらできない世界だった。

もんじゃ焼きを食べ終えた三人は店を出ると、重い話題を抱えながら、有楽町線の月島駅に向かって歩いていた。突然上杉が立ち止った。

「じゃあ、ここで今日は解散しよう」

上杉は何かを思い出したように立ち止まった。

「ご馳走さまでした」

上杉は不安感を抱えたままで帰りたくなかった。別れた後は、ひとりで路地を戻る。もんじゃ通りのひとすじ奥に、十二席ぐらいの洒落たカウンターバー『縁』があった。まだ誰も客の姿はない。中に入ると上杉はホッとした表情で腰かけた。

嬉しそうにママが近づいてきて会釈する。

「いつものウヰスキーをダブルで、ハイボールにして下さい」

マドラーが小気味よく氷をかき混ぜた。氷を捨て、冷えたグラスにウヰスキーが注ぎ込まれる。大きな氷の塊が落とされ、炭酸が音を立てて琥珀色の液体に白波を立てる。

和服を着た四十代前半の加生明子ママと上杉は、すでに顔なじみらしく親しげに笑みを交わした。

「ママも飲んでよ」

「じゃあ、ビールをいただいてもいいかしら」

「もちろん」

小瓶のビールが楓のカウンターの上に並べられた。右手をかばい左手でビール瓶を持ち上げた。

「すみません。先生に注いでいただけるなんて嬉しい……」

グラスが触れ合い、ハイボールの刺激が渇いた咽を癒してくれる。

「先生、失礼なことを伺ってもいいですか」

急に神妙な表情の明子ママが上杉に訊ねた。

「噂で聞いたのですが、先生はAIドクターロボットがいる有名な月島治療院の先生でしょう……」

上杉は苦笑いを噛みしめながら、それでも明子ママの質問には答えた。

「そうだけれど、AIロボットが有名なだけで、我々はただのサポートの医者だ。ただAIロボットとの共存は、我々にとっても認知症の患者さんにとっても決して簡単なことじゃないよ」

「いろいろ難しいことはあるのですね……」

上杉は今まさにＡＩロボットで問題になりかけている、尊厳死補助の疑念についての話題は避けた。

「しかし、そんな質問をするぐらいだから、何か悩み事でもあるの」

明子ママは慌てて謝った。

「上杉先生、ごめんなさい。プライベートな悩みですから……」

「いいよ。誰も客がいないのだから、僕でよかったら話してごらん」

上杉のグラスには氷だけが残った。

「もう一杯、お作りしますか」

上杉の目配せだけで、グラスは引き上げられた。明子ママは思い切って口に出してみた。

「実は三年ぐらい前から、実の母が認知症で、最近ますます症状がひどくなったようなのです。恥ずかしいことですが、私はバツイチで子供はいません。母も離婚して独りで育ててくれたものですから……」

たくさんの認知症患者を診てきている上杉にとって、加生明子の悩みの問題点はすぐに理解できた。しかし、解決は容易じゃない。

「うちのＡＩドクターロボットに診断してもらおう」

「そんなこと可能なのですか」

「院長にお願いして許可をとるから、外来の診察を予約したら、お母さんを連れてきてくれたらどうかな」

すでに涙ぐむ明子ママの表情から、病状の重大さが読み取れる。

その時二人づれの客が入ってきた。それを見た上杉はメルアドをボールペンで書いた名刺をそっと手渡し、会計をすませると『縁』を出た。

第十二章
天使と悪魔

木村は院長室で副院長伊藤と座っていた。

臨床生理学教授の伊藤が続けていた認知症患者カテゴリーⅢからⅣの、睡眠中の聴性脳幹反応の臨床結果が出たからである。

伊藤が重い口を開いた。

「院長もご存じのように側頭葉は脳の委縮度が比較的少ないから加齢の影響を受けにくい。外耳からの刺激に脳幹すなわち、特に海馬が刺激に反応してくれると思ったのですが……。そうでもなかったのです」

「伊藤先生、刺激は聴覚を通じてですか」

「主に骨伝導を使いましたが、時には嗅覚も同時に刺激しました」

「前頭葉もですか……」

木村は興味深そうにさらに訊ねた。

「ところで伊藤先生、脳の委縮が進行した患者でも、睡眠中に夢は見るのですか」

「レム睡眠では反応はあるようですが、認知症の進行がすすむと、夢は脳の活性が落ちているから恐らく夢においても過去の記憶を甦らせるのは難しいかもしれません……。しかし驚いたことには、嗅脳の機能は比較的保たれているようなのです」

木村も驚いたようだ。

「睡眠脳波で、匂いの刺激にわずかに反応する程度ですので、俗にいう悪臭に覚醒することもありません……。しかし悪臭には表情筋はわずかですが、確実に嫌がった反応を示すことも事実です」

「認知症患者にアロマセラピーの効果はないのですか」

「そうとは言えません。カテゴリー分類のⅡとかⅢの患者では、まだ結論は分かりませんが……。嗅脳を刺激させ、脳機能を賦活させる効果はこれから明らかになるでしょう」

「伊藤先生のされている研究は、ＡＩで言うと内なる思考回路を働かせる、デフォルトネットワークですか」

「よくご存じですね。そうだと思います」

伊藤がうなずいて続けた。

「脳皮質にしても、機能低下が長い期間続くと賦活は限りなく不可能な状態になりますね。間脳におよんでいたら、それこそ部分的脳死状態です」

「最後の砦は視床下部ですね」

「そうだと思います」

「それでも生命は維持されるわけですから、どこまでがヒトとしての尊厳が維持されるのか微妙な段階ですね」

「研究は大切でも、倫理委員会に抵触しないよう注意しないと、臨床実験に効果があっても認知症患者への研究自体が非難の的になりますからね……」

木村は急須から注いだ日本茶を伊藤に勧めた。

伊藤が日本茶を呑み終えた時、ノックの音がして、上杉医師が顔を覗かせた。上杉の表情は何かを思いつめたように硬かった。上杉は先客の伊藤の姿に少し躊躇したようだったが、木村は構わず上杉を院長室に入れた。

「実は先日、院長には少しお話ししたのですが……」

振り向いた伊藤もやはり上杉の表情からして、最近の患者の死因について何か違和感を持ったに違いないと思った。

「亡くなった吉本さんのことですか」

さっそく伊藤の方から声をかけた。

「そうなのです。先生もお気づきになりましたか」

そう言うと、木村は上杉を伊藤の隣に腰かけさせた。

さっそく上杉が口を開いた。

「二週間前に亡くなった木下さんも認知症のカテゴリーではⅣだったのですが、バイタルモニターでは呼吸停止と同時に心停止が確認されていました。それにしてもあの満足そうな死に顔は、逆に我々医師にとって不気味な気がするのですが……」

木村も知っていたのか、うんうんとうなずく。

「そうだね。今までの呼吸停止、心停止の状態では考えられないね」

伊藤も身を乗り出すように木村に説明する。

「吉本さんも木下さんも、何か死亡原因には引っかかるものを感じるが、何の証拠も不自然な兆候も認めない。あえて取り上げるとすると、死亡確認の数時間前にオメガが病室を訪れたことぐらいだ」

やはり疑問に思ったのか、伊藤も病棟の監視モニターをすでに調べていたようだ。

「しかしステーションの心モニターにも、オメガが患者に直接触れた形跡もないし、死因に直接関わりあったという証拠はまったく見つかっていない」

「伊藤先生、直接身体に触れなくても遠隔で、心不全に誘発する刺激を与えたのではないでしょうか」

上杉が質問した。

「それなら、その時点で異常を示すサインが出るはずだが、いずれの患者の場合も死亡時刻はオメガが病室を出た数時間後に起きている」

「二人の共通項は、オメガの病室への訪問と、あの満足したような美しい死に顔だ」

「デスマスクが微笑んでいるようにも見えましたが……」

「伊藤先生、カテゴリーⅣやⅤの認知症患者でも夢は見るのでしょうか」

上杉が質問した。木村と同じ質問だった。

「脳生理学から言って、脳の委縮度によっては記憶の機能を甦らせることは困難と考えられているから夢は見ないと思うが、それも断片的ならわからないね」

伊藤は上杉の質問にはあえてわからないと付け加えた。

「もし楽しい夢を見ていないのなら、あの満足したような微笑みはどこから来るのでしょうか」

「それこそ、わからない」

伊藤は『わからない』を、繰り返し呟いた。

「AIならちょっとでも、機能停止に陥っていない思考回路を賦活させることは可能じゃないですか」

上杉もかなり疑っているようだった。

「デフォルトネットワークですか……」

「そのフレーズは先ほど伊藤先生にも質問したのだが、言葉の意味以上に実際にヒトの脳機能の解明は容易なことじゃない。

間脳の脳機能の再生は、末梢のニューロンより手ごわいだろう」

この言葉に三人の会話が中断した。

考え込んでいた木村院長が思い出したように話し始めた。

「九十七歳の俳人だった石坊和樹さんを覚えている？　かつてＡＩロボットのオメガが石坊さんに死のあり方について質問したことがあった。その時の石坊さんの答えが『大往生』だった。さすがにその意味が分からなかったらしくて、院長室にその言葉の意味を聞きに来たことがあったよ」

「院長室までドクターオメガが来たのですか」

上杉は驚いた。これがオメガの死生観に対する、ディープラーニングの出発点かも知れない。

「それで院長はどう答えられたのです」

上杉は身を乗り出すように訊ねた。

「それぞれ亡くなる逝き方も異なるから、そう簡単には説明できなくて困ったよ」

木村は苦笑いで応えた。

「少なくとも苦しまなくて楽に死ぬことが大往生ではないことだけは伝えておいたがね。死生観に対しては『穏やかな死に方』とは言ったものの、具体的にはＡＩロボットに対して正しい説明は出来ていなかった。それから先はオメガ自身が考え自習学習していったに違いない」

「やはりオメガが何か逝くためのお手伝いをしたのでしょうか」

上杉の質問に木村や伊藤の表情も曇りがちになった。

「上杉先生、それはわからない。たとえ病理解剖をしても何ひとつオメガが痕跡を残しているとは思えない」

伊藤も腕組みをしたまま考え込む。

「あえて推論すると、呼吸中枢の延髄に間接的に時間差で機能不全を起こさせるか、それとも自律神経を介してゆっくりと心停止に至らしめるかだな……」

上杉が身を乗り出すと声を潜めるようにして提案した。

「いっそ、ここにオメガを呼んで、聞いてみてはいかがでしょう」

「それは何も言わないだろう。悪いことをしたとは考えてもいないだろうから、無駄なだけだよ」

伊藤は否定的な意見であったが、院長は立ち上がって机の上の電話を取り上げた。

「とにかくこのまま見過ごすわけにもいかないから、上杉先生が言うようにダメもとで院長室に呼んでみるよ」

待つ間に珈琲が秘書によって運ばれてきた。このお茶タイムの間合いは、ＡＩロボットには必要ないヒトの特権である。

五分も経たないうちにドクターオメガが院長室にやってきた。


さっそく木村は質問するが、オメガに動揺や緊張したようすは見られない。

「先日亡くなった吉本さんのことだが……」

「何か問題でもありましたか」

「別に問題というものじゃないが、亡くなる二時間前に、君が吉本さんの病室を訪ねているが、その理由は何だ」

木村が訊ねた。

「睡眠時無呼吸が顕著に見られたので、酸素マスク中の酸素濃度と保湿を調節して、ベッドの頚椎の位置を修正して無呼吸状態の改善を試みました」

思わず上杉は伊藤の顔色を見た。ドクターオメガは予想した通りの答えだった。確かにロボットだから顔の表情や声の抑揚が変わることもない。伊藤にしても睡眠時無呼吸の改善であるならば、その病室に行った行為も受け入れざるを得なかった。

これ以上時間をかけて聞き出そうとしても、何も解決できないだろう。木村は思った。たとえ『うそ発見器』にかけても全く異常は見られないに違いない。だって相手はＡＩロボットだから……。

「もういいよ。有り難う。忙しいのに呼び出してすまないね」

木村院長はドクターオメガに、まるでヒトの医師のように丁寧に対応した。オメガが部屋を出たのを確かめると、上杉が口を開いた。

「もしも仮に、仮にですが……」

上杉が念を押す。

「オメガが認知症患者の尊厳死の手伝いをしたとしたら、それはディープラーニングとして認知症を学習した結果なのでしょうか、それとも誰か、『マザー・コンピューター』から命令されての行動なのでしょうか」

「わからないね。どちらにしても、それが明らかにされることはないだろう」

木村が渋い顔つきで付け加えた。

「たとえこれからも微笑のデスマスクが起こりうるとしても、我々がどう対応するのかが問題じゃないか」

「それは、今後ＡＩロボットがどのような進化をしたとしても、ただ黙って見過ごすことですか」

「それが正しいとはいっていないが、それ以外の答えはないようにも思える」

伊藤の率直な意見だった。

「ＡＩロボットの考えついた方向にわれわれ医師も従うってことですか」

上杉の言いたいことはわかっていた。

「ＡＩロボットは我々ヒトが作り上げた、まさに正論で武装した機械だよ」

認知症患者をあずかる病院の院長である木村からは結論を見いだせないでいた。認知症改善プログラムで生まれたＡＩロボットの未来は、ヒトが考え抜いた上での究極の選択であり、それは正解なのかもしれない。しかし不条理だとして、ここでＡＩロボットを排除しても、それが、認知症患者が増加するわが国の未来の正しい選択であるかは疑問符が残る。

煮え切らない結論であっても、木村は課題を持ち越しとした。ディープラーニングのその先を見定めるまでは軽々に判断を下せないからだ。

「ところで院長先生、知り合いの患者の母親で、認知症の疑いが強くオメガに外来で認知症のカテゴリー分類の診断を受けさせたいのですが、許可いただけますでしょうか」

ここで上杉が木村に言った。

木村は尊厳死の話題から解放されてホッとしたようだった。

「いいよ。オメガのエンドステージの行動には触れないで診断させなさい」

「わかりました、有難うございます」


上杉は仕事が終わると、月島にある明子ママの『縁』に立ち寄った。

「あらっ先生、お待ちしていました」

上杉は会釈しただけで椅子に座った。他の客はいなかった。

「元気なさそうだけど、何か嫌なことでもありました」

「疲れているかもね。いつものハイボールダブルで……」

喉が渇いていた上杉は三口で飲み干した。

「先生、そんなにピッチが早いと酔いますよ」

「ママも飲んで……」

「じゃあビールをいただくわ」

上杉の前には二杯目のハイボールが置かれた。

口にこそ出さないが、上杉の頭の中にはドクターオメガの最期を見送る行為でいっぱいだった。我々医師が尊厳死と称して、死期を早めるともちろん罪になる。医療従事者の認知症患者への逸脱した医療行為は、今でも数多く報告され後が絶たない。

しかしヒトが作ったとはいえ、ＡＩロボットがその行為を手伝ったとしたら罪になるのか？　むしろ認知症のカテゴリーⅣやⅤで生きながらえさせる行為こそ、罪ではないのだろうか。オメガの終末医療、これが正しい認知症医療の結論なのか……。脳裏を走馬灯のように疑念が走った。

「どうされたの？　先生、そんな難しい顔して」

「いや、何でもないよ。どうせヒトは病気だと『がん』で死ぬか、『認知症』でボケて死ぬかだから……。本当に生きて、飲み食いできる時が華だよ」

上杉はそう言ってハイボールを喉に流し込んだ。

「死ぬ選択は、どちらも嫌だわね」

「老衰による大往生なんてあくまで理想郷であって、現実は過酷なんだ。意思の疎通なしに生かされている事実こそ残酷だ」

スレンダーで美人ママも泡だったビールを持ち上げて口に含む……。

「大往生はそんなに少ないのですか？　ほかに死に方はできないのですか」

「だったら、事故か事件か災害か、それとも自殺だな」

「みんな怖いわ……」

上杉のハイボールは三杯目になっていた。たまたま客はまだ誰もいなかった。明子ママはボトルから注ぐウヰスキーの量を少し落とした。

「先生なら、もしも病気になったらどれを選ぶの」

しばらくして上杉が口を開いた。

「認知症のカテゴリーⅣになった段階で、自殺だな……」

本当はカテゴリーⅣになれば、そんな実行力は残ってないことはわかっていた。それなのに敢えて格好をつけている。

「先生らしくない……。ネガティブ思考ね」

「人生なんて短いし、一寸先はわからない……。楽しいことがあってもその先には、倍ほど苦しみが待っているかもね」

「私は楽しいことがあったらそれに集中するわ。その先がどうなろうとその時に考えたらいいのよ。怖れていたら楽しいことも逃げていくでしょう」

「そうだな……」

辛いことを思いださせたのかもしれない。口数が減った上杉に、明子ママは謝った。

「ごめんなさいね。余計なことを言って……」

先ほど作った蓮根とニンジンゴボウの煮つけを小鉢に入れて出すが、上杉は箸も持たない。ハイボールは四杯目になっていた。

「院長に頼んでおいたから、来週の火曜日にお母さんを連れて病院に来なさい。ドクターオメガに認知症のカテゴリー分類のスケジュールを十時に入れておいたからね」

「有難うございます」

明子ママのホッとした表情から抱える問題の重大さがうかがえた。

「先生、もう少ししたらお店を閉めて、なにか美味しいお夜食を食べに行きませんか」

上杉は頭の中からＡＩロボットを消したかった。考えもしなかった明子ママからの誘いだった。

「予期せぬ出来事に身を委ねるのも、人生の楽しい一ページかも知れないね」

それこそＡＩロボットによって冷えた部分が温められていくようだった。

約束の火曜日の朝の十時になって、月島認知症治療院に加生明子が母親を連れて外来に現れた。

受診番号の表示ランプがつくと、診察室に母親の順子を伴って明子が入ってきた。まずは初診の診察は上杉が行う。睡眠障害を主訴と訴えるが、その会話は噛み合わない。

手指の振顫から企図振戦が認められた。大脳基底核の脳動脈硬化からくるパーキンソンの可能性がベースにはある。上杉は立ち上がって二人をドクターオメガのいる診察室に案内した。

母親である順子の歩行は、やはり前かがみでパーキンソン独特の状態である。明子は母親を後ろから支えるようにして診察室に入った。

中に入ると、明子は初めて出会う白衣を着たＡＩロボットに緊張した。

「ＡＩロボットだけど、とても優秀なドクターオメガです」

上杉の紹介に、順子は驚いて立ちすくむ。ようやく背もたれのある椅子に掛けさせた。

「よろしくお願いします……」

母親の順子もようやく落ち着いてきたようだった。

上杉は自分がいることによってドクターオメガの診断が妨げられると考え、ＡＩロボットにまかせ、会釈をすると先に診察室を出た。

夕方になって上杉に報告に来たドクターオメガは順子の認知症度はカテゴリーⅢｂと判断したようだ。基礎疾患には上杉と同じパーキンソン病であるが、滅裂思考の判断からＭＣＩ、アルツハイマー予備軍の可能性も指摘されていた。

入院したとしても回復プログラムの実行はかなり困難であるとの結論だった。明子にどう説明するか、上杉には頭の痛い問題だった。

第十三章
ＡＩロボットの未来

株式会社メディカルヒューチャーが臨時総会を招集してから半年が過ぎた。メディカルヒューチャーの片桐取締役社長の任期満了の退任を受け、新社長に内山常務の昇格が全会一致で承認された。今回の臨時株主総会も、会社が所有するＡＩロボットのジュピターの顧問としての立場からの推薦であったことについては株主には伝わっていない。ＡＩロボット自身が株式会社の人事の経営方針にもＡＩの能力を生かし、関与する時代に入っていた。

内山をはじめメディカルヒューチャーの取締役会は、ＡＩロボットの学習による進化は認めているものの、実際には未来への展開は予測できないのが現状であった。

ＡＩロボット開発研究所で誕生したドクターロボットは現在すでに五十名を超え、全国の認定された認知症療育型施設に派遣されている。認知症回復プログラムに対する基本定義は組み込まれているが、それぞれの機関で行われている学習進化については格差も現れてきていて、それがこれからの不安材料になっていた。

ドクターロボットによる全体の報告会については、臨床認知症療法士がＡＩロボットと個々で症例を検討し、その結果を報告書として、定期的に提出する義務となっているのである。


月島認知症治療院の廊下を臨床認知症療法士の中村が、ドクターオメガの部屋に向かって駈け出していた。

ドアーを蹴破るような勢いで中村がオメガの前に現れた。

「息切れされていますが、どうされましたか」

ドクターオメガは部屋の中にいた。ちょうど充電が終わったところだった。

「どうもこうもない。轟さんが今朝、明け方亡くなったじゃないですか」

「そうです。大動脈弁閉鎖不全による急性心不全でしたね。報告を受けました」

淡々と答えるオメガに中村は不満だった。

「あの患者さんは、年齢は九十歳を超えてもカラオケ療法でカテゴリーⅣからⅢａまで回復が見られたから、これからも期待していたのに、心不全を引き起こすような虚血変化の兆候もなかったはずだろう」

「それは残念でしたね」

「残念ですむか！　今、霊安室に行って驚いたのだが、笑みを浮かべたような安らかなデスマスクは何故なのだ」

「お亡くなりになった患者さんの表情までは気づきませんでした。それが何か」

「予定では、唄えることが好きになって、今週のカラオケリハビリも楽しみにしていたのに、急に死亡するなんて考えられない……。何か不自然な気がする」

「亡くなられたことは残念ですが、安らかに逝かれたとしても、意図的に私が何かをすることは決してありません」

それでも中村はオメガの説明に納得はしていなかった。ここ数カ月で他の認知症患者でもカテゴリーⅣからⅤのステージダウンした後、転室を待たずに、すぐに死亡が確認される事例があったからだ。さらに報告によると、不自然ともいえる安らかな微笑のデスマスクが共通した逝き方だった。

中村にとって轟さんは特にカラオケ療法がステージⅣからⅢａまでに効果を引き上げていただけに、自ら尊厳死を選択したことは信じられなかった。

「轟さんの、最近の認知症改善プログラムのデータを呼び出して見せてくれないか」

中村はオメガに詰め寄った。

「死亡が確認された段階で認知症改善プログラムのデータは消去されています」

「そんなバカな！　嘘だろう」

思わず中村は大声を出した。ドクターオメガは何かを隠している。そう思ったからだ。

「君たちＡＩロボットは、あくまでもヒトの認知症を改善する役割を担っているのであって、死の旅立ちを手伝う行為は許されてはいないだろう」

「もちろんです。何故そんな質問をされるのですか」

オメガが逆に中村に聞き返す。

「そのことは、過去の認知症回復プログラムのデータを消しているじゃないか」

「それは規則ですから、しかし過去のデータはメディカルヒューチャーのホストコンピユーターには保存されています。何か私が意図的に行ったわけではありません」

「じゃあなぜあのような、気持ちの悪い死に顔をしているのだ」

「死の直前には、死ぬ事実を受け入れ満足して旅立たれたのですから、デスマスクは素晴らしい穏やかな死に顔になったのでしょう」

「ＡＩロボットがヒトの死にまで関与することは許されていないはずだ」

むきになって言い張る中村に対しては、何を言っても無駄だと感じたのか、突然、オメガからの会話は中断した。何かを聞き出そうとする中村に、オメガは無視するように黙ったままである。

「卑怯だぞ。何か答えてみろよ」

やっと返答したかと思うと、今までとは異なるスピーカーのような声だった。

「あなたには、何も申し上げることはありません」

オメガは急にＰＣの声でそれを繰り返すだけだった。

中村のただならない気配を感じ取った看護師からの通報で、水野と上杉がオメガの待機部屋に入ってきた。

「いったいどうしたのだ」

息を切らせながら駈け込んで来た上杉を見て、中村は助け舟とばかりに微笑のデスマスクの事情を説明した。

「言い分は分かったから、ちょっとオメガの部屋を出て話そう」

そう言って上杉は不満そうな中村を部屋から連れ出した。すぐに水野もいっしょに部屋から出る。

三人は三階の医局に戻ってきた。部屋に入るなりすぐに水野が中村に言った。

「ロボットに文句を言ったって仕方ないじゃないか」

「分かっていますが、ＡＩロボットとはいえ、ヒトの死に関与することは許せない」

「関与したかどうか、確実なことはわからないだろう」

水野も事情は気づいても、今はそれを問題視するわけにはいかない。

「先生もそう思いませんか？　我々ヒトがＡＩロボットに未来を決められるのは不愉快ですよ」

「未来と言っても、カテゴリーＶの患者に未来はないだろう……」

座っていた上杉が声を落として呟いた。

「木村院長も伊藤副院長もそのことはすでに報告済みで、中村君が、今さらここで騒ぎ立てる問題じゃないよ」

「えっ、こんなことは前にもあったのですか」

上杉は水野と眼を合わせたが、即答は避けた。

水野が言った。

「我々ヒトの生き方の正解を導くのがＡＩロボットだから、認知症という状態をさらに自己学習して出した結論には従うことが寛容かもしれない」

「えっ、これを黙って見過ごすのですか」

「だって何の証拠も痕跡もないのだから、憶測だけで決めつけられないだろう。それに患者側から望んだ結果かもしれない……」

「ＡＩロボットは認知症患者の意思を確認することが出来るのですか」

感情的になっている中村に対して、水野の意見は冷静というよりは冷めていた。

腕組みをして考え込んでいた上杉が付け加えた。

「なにもすべてをＡＩロボットのやることに従うことが正しいとはいってないが、ＡＩロボットを開発して作ったのはヒトであることも事実だからね。ヒトが全力を傾けて認知症対策を、ＡＩロボットに託したのだからオメガがディープラーニングを繰り返した結果、学習して行き着いた結論ならそれなりに配慮する必要はあると思うよ」

水野も表情で同意の意思を示す。

「先生方はずいぶん認知症治療に消極的なのですね」

「これはＡＩが導いた結果であって我々が望んだわけじゃない……。しかし他に不可逆な重症認知症の解決法は見つからないだろう」

上杉の言葉にも、中村は不快感のままである。立場が違うとはいえ、中村の気持ちがわからなくもなかった。

「現実を見たまえ、老化して早かれ遅かれ認知症になるのは自然の条理じゃないか。そしてそう遠くない時期には安らかな死へと導かれていく」

上杉は後戻りできない未来を憂いて、まるで自分に言い聞かせているようだった。

「これは、『ランギュラリティー』の世界だな……」

しばらく沈黙の後、再び上杉が呟いた。認知症に関わる医師が良くクチにする言葉である。

「何ですかそれは？」

不審そうな表情で中村は上杉に訊ねた。

「簡単に言うと、ＡＩの人工知能が人類の知能を超えることだ」

「それは、そう言ってもまるで映画の世界じゃないですか」

「いやもう始まっている。認知症のエンドステージのあり方が、まさにそうじゃないか」

上杉の説明にも中村はまだ納得していない。

「そんな合理的にヒトの死にロボットが関わることは神への冒涜じゃないですか」

水野はむきになって言い張る中村に、つい笑ってしまった。

中村はムッとした表情で水野を振り返った。

「いや、すまん。笑って……。ＡＩの世界には神も仏も存在しないだろう」

「…………」

中村は医師のスタッフたちが、気づきながらもドクターオメガの行動を容認していることが気に入らなかった。しかしこれ以上話しあっても埒が明かないと判断した中村は、軽く会釈すると部屋を出た。

それでも納得できない中村は、その足で木村院長に実情を訴え、自ら開発したカラオケによる認知症改善プログラムの考え方が否定されるなら退職も辞さない覚悟であった。

　院長室に入るなり、中村は轟さんの死についての疑問を院長の木村に問うてみた。

　中村の表情を見ただけで木村は何が言いたいのか、一瞬で理解したようだった。

「院長先生、轟さんはカラオケ療法でカテゴリーⅣからⅢａまで回復が見られた患者さんで、いくら九十歳を超えていても急性心不全での突然死は納得できません。これから成果が出てくる時なのに、ドクターオメガの説明ではさらに疑念が深まるばかりです」

　木村はしばらくは黙ったまま中村の話を聞いていた。

「轟さんには別の病気の問題もあったからね……」

　中村はその辺の事情は知らなかったようだ。思いのたけを木村にぶつける。

「主に唱歌ですが、テロップなしで唄いきった時には涙を浮かべて満足していたのですよ……それが何故」

　木村は秘書が運んできた珈琲を中村に勧めた。落ち着かせるためだ。

「実は轟さんには先月の定期検診で、左肺の胸膜直下に肺がんが見つかったのだよ」

　木村の言葉に中村は絶句した。

「知りませんでした。ではなぜあれほどカラオケリハビリを続けたのでしょう」

「それは唄い続けることで、肺がんにも打ち勝とうとしたからじゃないかな……。呼吸が苦しくなって、もう唄えないと判断したから、これから先の方針を決めたのかもしれない」

「尊厳死の選択ですか……」

「残された時間をどう過ごすのかは、患者の気持ち次第だからね」

中村はそれでも納得していなかった。それが表情に出ている。

「だから轟さんは、尊厳死をドクターオメガに相談したのですか」

「相談したかも知れないが、そのことについては一言も我々には知らされていない」

「先生や我々スタッフよりも、オメガの方が患者さんは信頼できるのでしょうか……」

「そういう問題じゃない。AIロボットが出す答えは常に正解だからね。認知症患者がAIロボットに助け舟を求めるのは自然な流れかもしれない」

「そうかもしれませんが、AIロボットにそんな重大な判断を任せていいのでしょうか」

「中村君、いちばん大切なのは患者さん本人の気持ちだとは思わないか」

「それは確かに本人の意思を尊重するべきだとは思いますが……」

中村の気持ちの揺れが、木村にも伝わってくる。

「我々、臨床認知症療法士がいくら頑張っても、結局は認知症が進行すると、ＡＩロボットによって、いつかは『尊厳死』へと導かれるのですね……」

「そう考えるのは君の自由だが、これから先の未来社会では増加するＡＩロボットとの共存が必要であり、かつ不条理とも思えるような結論を受け入れることもヒトとして寛容かと思うがね」

「そうですか……」

中村の決意は固かった。黙ってポケットから用意してきた一身上の理由と書かれた辞表の入った封筒をそっと机の上に置いた。

「君の意志は固いようだが、辞めてこれからどう進むつもりだね。カラオケシステムの評価が出てきたところなのに」

中村は立ち上がって頭を下げた。

「院長をはじめ病院のスタッフには大変お世話になり有り難いと思っています。今回のことで気づかされたことは、広義の意味で認知症という事象はヒトとしては避けられない現実で、押し止めることすら僕にはできなかったです」

「何を弱気なことを、それで……」

目を伏せている中村をみて、木村は小さな溜息をついた。

「これからの君の活路は、せっかく君が開発したカラオケ療法も止めてしまうのかい」

「轟さんのことを考えると、とても自信がないのです。あんなに涙ぐんで楽しそうに唄っていたのに、結局ＡＩロボットに最期を委ねるなんて……」

「突然、末期がんの告知に動揺したのかもしれない。それに苦しくても必死で唄っていたのかも……」

「病状を告知しない方が良かったのかもしれませんね」

「今では、がんの告知は医師の義務だから、隠しておくわけにもいかない……。息苦しさの原因精査で診断することは正しいが、その結果説明には年齢を考えるともう少し配慮が足りなかったかもしれない……」

「認知症を患っていても、その最期を迎える決断はできたのですね」

「医師ではなく、ＡＩロボットに相談したのだからね」

「認知症回復プログラムと言っても、カラオケ療法も轟さんには結果として役に立ったのでしょうか……。死期を早めるなんて自信をなくしました」

意気消沈の中村に木村は慰めの言葉をかけた。

「困難な認知症の改善に挑戦しているのだから、臨床研究はこれからも続けるべきだと思うがね」

「はい……」

「君の開発した認知症対策のカラオケ療法は、良い評価が出てきているじゃないか」

オメガに対する感情の勢いで決めたものの、中村は不安だった。

そのようすを見た木村院長からの思いがけない提案があった。

「月島治療院の関連病院の認知症外来で、君の開発したカラオケ療法を認知症改善リハビリに役立ててみてはどうかね。おそらくもっと認知症のカテゴリー分類の軽いカテゴリーⅡとか、せいぜいⅢａの患者に適応した方が、効果がより鮮明に出てくると思うよ」

「今のカラオケ機器を、その外来の医療機関に持っていっても良いのですか」

「君が辞めたら、せっかく開発したカラオケ療法を続けていくスタッフがいないだろう。それに先ほども言ったように、認知症の症状が比較的軽い段階で始めた方がより効果があると思う。だから入院している認知症患者を対象ではなく、外来施設で行ったらどうかね」

「気にかけて下さってありがとうございます」

中村は木村院長に深々と頭を下げた。ＡＩロボットがいない施設に代われることが、心のどこかでホッとしたのかもしれない。


東京都の湾岸地区に新設された都立豊洲高齢者医療センターに、十一月一日、木村院長の推薦で中村は転勤することになった。月島治療院からの医療設備の貸し出しという形で認知症カラオケリハビリ装置は移設搬入された。

予約制の外来患者が対象であるが、高齢者でも認知症の自覚がない認知症予備軍の患者が大多数を占めている。認知症と物忘れの境の認識が曖昧であり、それにはカラオケで歌詞の字幕なしで唄う訓練に効果が期待されている。

中村はなるべく高齢者の患者が好む唄を選曲した。カラオケ療法を手伝ってくれたのは臨床検査技師の西川節子だった。西川は昨年入社したばかりだったが、自分でもカラオケで唄うことが好きであったので、中村のカラオケ療法に協力的であった。中村のカラオケ機材を興味深く手伝っていると、富市事務長が顔を出した。誰かを連れてきたようだ。

富市事務長が自慢そうにして連れてきたのはなんとＡＩロボットだった。

「この施設でもやはりＡＩロボットがいるのか……」

ＡＩドクターロボットがこの施設にもいる……。中村はがっかりしたが次の瞬間、中村は驚いた。胸のＩＤ番号には三二八の数字がはっきりと見て取れた。

「まさか……。あなたは、月島治療院にいた、あのドクターシグマじゃないか」

中村が訊ねる。ＡＩロボットからの明確な返答はなかった。答えたのは富市だった、

「この施設に派遣されてきた時から固有名詞はルナと呼ばれています。中村さんは以前に、このＡＩドクターロボットと知り合いですか」

富市は不思議そうな顔で両者を見比べた。

「いや、前の認知症回復プログラムの施設でいっしょに働いていたＡＩロボットとよく似ていたものですから……」

中村が口を濁した。修復再生されたとはいえ、ドクタールナは個体番号からシグマに違いなかった。

中村の頭の中で田代さん事件が甦る。児童公園でシグマをかばって少年たちに惨殺さ

れた田代さんの記憶はロボットには残されているかもしれない。疑念が中村の中で沸々と湧き上がってきた。

「どうされたのですか」

西川に声をかけられ、表情を強張らせている中村は我に返った。

「ドクタールルナ、宜しく……」

中村はわざとらしく挨拶をした。しかしそのルナの胸には個体識別番号の三二八が刻まれている。それは間違いなく再生されたシグマに違いなかった。

「あなたは月島の認知症治療院にいらした臨床認知症療法士の中村さんでしょう」

ドクタールルナの返事に思わず息を飲む……。記憶はすべて消去されてはいなかった。もう一度ルナを見つめなおす中村は不安だった。どこまでの過去が記憶として残っているのか、そしてさらにその後のディープラーニングの結果として、ヒトの認知症に対しても優しさや思いやりの心は習得できているのかわからなかった。

そんなことがあったとは、事務長の富市や西川は知る由もない。

「この度配属されたドクタールルナは、認知症のカテゴリー分類を担当してくれるが、さすがにAIロボットだけに、早く正しい答えを出してくれるから大助かりだよ。それに中村君とは以前の医療機関でＡＩロボットと知り合いだなんて奇遇だね」

「僕も驚きました」

中村はそれ以上の事件の説明は避けた。

「じゃあ、君のカラオケ療法もドクタールナに手伝ってもらったら、もっと認知症療法が充実するから、ＡＩロボットと仲良くやってくれたまえ」

富市は満足顔で、ドクタールナを伴って部屋を出て行った。ＡＩロボットが派遣されていることに医療機関として自信を持っているようだ。

「ところで、ＡＩロボットに何故ルナと名前を付けたのでしょう」

西川が中村に訊ねた。

「前に派遣された職場が、月島だったからじゃないか？　『ルナ』はラテン語で月を意味するからね……」

名前を変えると同時に、過去の忌まわしい暴力の記憶は消去したのかもしれない。しかし、修理されたとはいえ記憶の蓄積はどう処理したのだろう。自分の名前を覚えていたことが不思議だった。今のところ記憶の断片は中村には理解できていない。

名前が変えられただけでなく、ドクタールナの反応はドクターーオメガとは異なっている。具体的には言いあらわせないが、ＡＩロボットにも個性があるのが不思議だった。

それから外来患者の認知症のカテゴリー分類では比較的軽症のカテゴリーⅡかⅢａに限られたが、唄わせるとなると時間がかかった。中村は一人に所要時間を四十五分と決め、五回をワンクールとして評価の作成をドクタールナに任せた。クチパクによる視覚からの脳トレは比較的軽度の患者であったから、考えていたよりもスムースにはかどった。

訓練が終わった時に、側で見学していたドクタールナからの提案があった。

「カラオケのクチパクで唄っているときに、歌い手のその時代の写真を見て記憶を甦らせてはどうですか」

「だって唄っているときはしっかりと映し出された自分の唇の動きを見ているじゃないですか」

「画面に映し出すのではなく、歌い手の眼底の網膜に送るのです」

「そんなことが出来るのですか」

中村は驚いてドクタールナに訊ねた。助手をしてくれている西川も、側で不思議そうにしていると、ルナが静かに答えた。

「網膜の見えていない部分、黄斑部すなわち盲点エリアにその歌手の当時の唄っている映像を映して送り込むのです。昔の音と映像からも同時に海馬へ送る刺激が大切なのです」

それをどこで学んだのだろう。中村は不思議だった。

「それが、何か効果があるのですか」

「網膜から視神経を通じて脳に直接刺激を送るわけですから、写真の時代背景とともに過去の記憶が少しは甦るでしょう」

坦々と話す自信満々の言い方に、ドクタールナは何か確信があってのことに違いない。しかし、すぐに外来患者に試すわけにもいかず、中村自身が実験台になると言い出した。

「その方法を僕で試してくれないか」

そう言ったものの、中村には期待よりも何が起こるのか不安だった。

さっそく翌日になって、中村は十年前のＮＨＫの紅白で唄われた男性歌手の懐メロを選択した。西川も興味津々で中村の実験に付き合う。曲を何回も流し、唄う唇の動きを映像に取った。

もちろん暗唱で唄えるほど確かではない。ドクタールナは眼の位置を合わせるために、踏み台の上に上がると、右斜め前に立って唄っている中村を見つめた。といっても目の部分に瞳孔があるわけではないから、中村には光刺激も何も感じなかった。

カラオケの映像には歌手のプロモーションビデオが流れている。中村は次のステージのテロップなしで挑戦してみた。自分が開発したクチパクの映像である。歌詞を思い出しながら自分の唇の動きを読み解いていると、突然何かが感じられてきた。昔の記憶の感覚であって実際に見えているわけではないが、中村は驚いた。

ドクタールナにお願いしたとはいえ、十年前のＮＨＫ紅白のステージで、それは歌手の唄っている姿ではなく、自分がそれをテレビで見ている姿だったからだ。その十年前の年末にはブドウ園をしている茨城の実家に帰って大晦日を迎えていた。そこには実家を手伝っている兄夫婦の家族もいる。両親の姿だけでなく、その当時には存命だった祖母の姿もあった。しかし自分の姿は見えない。歌手の唄が終わると拍手と同時に脳裏に映し出された記憶も消えていった。

「見えているようで実は見えていない。夢のようで夢ではない。客観的ではなく、自分の視覚を通しての記憶だから断片でも鮮明ですね」

中村は感心したようにドクタールルナに問いかけた。

不思議そうに中村を見つめている西川にも、うまく答えられない。

その時ドクタールルナが踏み台からゆっくり降りた。

「鮮明な記憶が甦りましたか？　断片的な記憶の追憶は疲れますから、あまりいちどに長時間は止めましょう」

「ありがとう。この組み合わせは認知症患者にも効果がきっとあると思うよ。実験を何回か繰り返してぜひ効果を確立させたい」

ＡＩロボットとのコラボが上手くいくと思っていなかった中村の顔面は紅潮していた。

第十四章

認知症家族の悲劇

明子から上杉の携帯に連絡があった。母親の順子が交差点で交通事故に遭ったらしい。すぐに病院近くの喫茶店で待ち合わせをした。先に来ている明子の動揺から交通事故の重大さが想像できた。

「それで、お母さんはどこの病院に入院しているの」

「それが、怪我はないの……」

「えっ、どういうこと」

「横断歩道を渡ろうとして、青信号が点滅したから渡りきれないと判断したのか、突然逆方向に戻ろうとしたらしいの。左折してきた車が母を避けようとして歩道のフェンスに激突、運転していたのは高齢者でとっさにブレーキとアクセルを踏み間違えたらしい。警察で事故の説明を受けたけれど……」

明子の表情は暗かった。

「そのはずみで、横断歩道で信号待ちをしていた女子中学生を撥ねたのよ」

「事故を起こした高齢者の状態は」

「エアバックがあっても、フロントガラスに頭部を打ち付け、今は意識不明の重体だそうなの……。母が信号無視したわけじゃないから、責任はないって警察でも言ってくれたけれど、救急車で運ばれた中学生も可哀そうで気が重いわ」

目線を落とす明子の珈琲カップは手がつけられていなかった。

「高齢者は自信があっても、とっさの判断に迷うから自動運転の車が推奨されているのにね……。八十歳以上の自動運転サポート車の義務化も法整備を検討されているさなかだから」

「たしかに大事故の引き金になったのだから、死亡事故ともなると、認知症でも何らかの責任は問われるかもしれないでしょう」

上杉もそれを考えると気が重くなった。軽度の認知症を患った高齢者の通行中の事故も年々増加傾向にある。

「自宅に戻ってきた母に聞いても事故のことはよく覚えていないって言うの」

「直接お母さんに聞いたの」

「連絡を受けてすぐに事故現場にも行って、警察官にも母の病気の事情は説明したけれども……」

明子はハンドバックからハンカチを取り出し、涙を拭った。

「駆けつけてきた救急隊員は、その場でうずくまっている母を見て事故に遭ったと思ったらしいけれど、怪我ひとつなかった……」

「これからどうするの」

「心配だから搬送された病院に行ってみようと思うのだけど、事故を引き起こした家族だとわかると、なにを責められるか怖い……」

「このままほっておくわけにもいかないから、とにかく病院に行って容態の確認をした方がいいよ」

明子はまた涙を拭った。

「交通事故に関しては、横断歩道でしかも信号無視ではなさそうだから、まずは交通事故の法的責任で対処するのが一番いいと思う」

「先生、ごめんなさい。ご迷惑をかけて、宜しくお願いします」

二人はタクシーに乗り込み怪我人が搬送された救急病院に向かった。


月島認知症治療院では臨床生理学の伊藤が、新たな認知症改善の試みを始めていた。認知症患者の聴性脳幹反応の潜時の低下はみられても、音の聴力刺激だけでは認知症の改善には至らない。そこで伊藤が考案した間脳に対する聴覚刺激は、独自のユニークな方法であり『ステレオ治療』と名づけられた。

実験には木村院長が被験者をかってでた。認知症対策はＡＩロボットでも、改善効果を得るまでには困難な問題があったからだ。ヒトの脳機能の老化との闘いは容易ではない。ドクターロボットがディープラーニングで得た結論、穏やかで優しい最期への導きには、事実であったとしても医師としては抵抗があった。少しでも改善の道を探りたい。それは伊藤も同じ考えであったから『ステレオ治療』の効果を、木村は自分を犠牲にしてまでも確かめてみたかった。

伊藤は特殊な装置を組み込んだイヤホンを木村に装着した。

「木村先生、最初は慣れなくて違和感がするかもしれませんが、少しの間は我慢して聞いていて下さい」

「わかりました……」

最初の音は、メトロノームのような規則正しい「カチ、カチ……」と鳴った音が右と左にわかれて流れてきた。驚いたのは次からだった。英会話の教材のように右耳からは「ドック」のネイティブな英語発音が、左耳からは同時に日本語の「いぬ」の声が聞こえてきた。それが三回繰り返されると次は「キャット」である。次々と五十ものワードが同時に繰り返された。しかもその間に、三リットルの酸素を鼻腔から吸入している。それは脳組織への活性を促すためらしい……。

伊藤は実験を楽しんでいるように思えた。自分でも何度も繰り返し試したからだ。

「英会話の勉強にも使えるかは、これから多くの実証が必要でしょうが、取り敢えず認知症患者の脳機能を活性化させる一助になることは間違いない」

「英語のフレーズは幾つぐらいあるのですか」

木村はヘッドホンを外して訊ねた。

「動物シリーズに、花シリーズと、まだ二セットしかできていませんが、効果が認められれば、次々とベースを上げて作っていきます」

「酸素吸入の効果は」

「それもまだ実験中ですから、酸素濃度を上げた方が、より脳機能に効果があると推論しただけですから、実際に酸素吸入の結果を検討してみないとわかりません」

認知症への効果は確証を得ているわけではなかったが、聴覚を通じての刺激には手ごたえを感じている伊藤である。木村も興味津々で聞いている。

「同時に違う言語を聞くというより、音として伝わるという感覚でしょうか。ちょっと集中すると脳は疲れますが……」

木村の反応に伊藤は苦笑いをした。

「もちろん左右の聴力の差異はありますから、三〇のワードを聞き終えるとイヤホンを左右逆にして繰り返します」

「つまり英語と日本語の同時通訳を左右に分けて聞く実験検証ですね。左右を入れ替える方法がさすがですね」

木村は米国への留学経験があり、使っていない語学力の低下を実感していたから、会話力のステージが高度の同時通訳のような学習を期待していた。

「認知症のカテゴリー分類では、聞くだけの刺激ですから、比較的中等度以上のⅢｂかⅣ度の患者の実証を考えています」

伊藤はあくまでも認知症患者を対象にしているらしい。

木村はうなずいた。

「ドクターロボットが認知症の病態に対し、どんな結果に導いても、我々が中等度以上の患者でも治療を諦めるわけにはいかないですからね」

「そうですね。ここはあくまでも認知症治療院ですから、ＡＩロボットに頼ってばかりいられません。伊藤先生のように新しい改善方法を色々試すことは重要だと思います」

その言葉を聞いた伊藤は、すでに用意している中等度以上のカテゴリー患者のリストをあげ、これからの計画表を示した。

「これなら倫理委員会も英会話の延長のようだから、問題ないでしょう」

中村のカラオケ療法が他の施設に移ったことで、新たな認知症療法の取り組みは木村にとっても大歓迎だった。

『ステレオ治療』が本格化して二カ月が過ぎた。短期間の入院の希望で、認知症のカテゴリー分類と治療を目的に八十六歳の島田茂が入院してきた。

早速ドクターオメガに依頼した認知症診断はカテゴリーⅢbだった。二カ月前に起こした交通事故の記憶だけが全く欠落しているらしい。脳外科医出身の上杉が担当することになった。

三階のステーションで、回診に行く前に島田茂の他院から転院してきた情報提供書に目を通していた上杉は驚いた。二カ月前に受けた交通事故による頭部外傷は、硬膜下血腫で脳挫創などはＭＲＩの検査でも認めていない。

しかし、事故当時の記憶が欠落していて、まったく思い出せないとのことだった。搬送された病院名に上杉は記憶があった。明子の母親、順子が交差点で交通事故を誘発した時に運転していた高齢者だったのだ。偶然とはいえ奇遇だった。

従って認知症による過失運転が人身交通事故の争点になっている。むろんその事故の時点での認知症は十分存在するという見解であった。ただ認知症の診断基準がどのカテゴリーから運転に影響があるとの明確な規則はない。

島田茂の交通事故による頭部硬膜下血腫は、外部からの血腫吸引でほぼ完治していた。

交通事故の直後に明子と搬送された病院に行ったものの、直接面会はしていない……。

上杉は病室のドアーをノックして中に入った。

「こんにちは、担当医の上杉です。事故後のお加減はいかがですか」

「それが先生、事故のことは全く記憶にないのです」

「まあ焦らないで、ここは脳機能を回復させる病院ですから、ゆっくりリハビリを続けられたらいいでしょう」

「脳機能というと、さっそく白衣を着たＡＩロボットが診察してくれました」

元精密機械の技術者であった島田はＡＩのドクターオメガに興味を持ったらしい。

「失礼ですが、軽度の認知症の自覚はありましたか」

「いやぁ、誰でも年を取ったら記憶力や洞察力は衰えますが、その程度ですよ」

島田は歯切れの良い返事を返す。会話からしてもオメガからの報告書の認知症カテゴリーⅢｂには見えない。頭部外傷の後遺症はまったくなさそうだ。

翌日からドクターオメガによる認知症回復リハビリに追加するように、伊藤の簡単なフレーズの英語の『ステレオ治療』も訓練が始まった。島田は海外赴任の経験もあり英語は得意だったらしい。実験の協力をかってでたのだ。イヤホンをしていてもウンウンとうなずく仕草を見せた。

ほぼ一カ月が過ぎた時、通常の回診ではなく島田からの呼び出しがあった。病室にいた島田は上杉の顔を見るなり興奮気味で言った。

「先生、脳機能のリハビリのお蔭で、事故の記憶がハッキリと甦ってきました」

「それはすごいことですね……」

「よく忘れていてなかなか思い出せないことが、いきなり思い出すことがあるでしょう。そんな感覚です」

しかし、島田は得意そうな表情をして上杉に訴えた。思い出したことの自信を得たのだろう。

「高齢の婦人が横断歩道を渡ろうとしていた時、いきなり左折ラインから逆走してきた若い男性の自転車がぶつかりそうになったのです。そこで婦人が横断歩道でうずくまるようにしゃがみこんだ」

島田の記憶はリアルに鮮明だった。

「とっさに老夫人を避けようとしてハンドルを左に切った時、信号待ちをしていた女子中学生にぶつかったようです」

「警察にはお話しされましたか」

「いえ先ほど思い出したのでまだです。逆走してきた自転車は、逃げていきましたが、避けなければ高齢者を引いていたかもしれません。とっさにブレーキを踏んだのですが、パニックになってアクセルを踏んでいたのかもしれません」

追憶の記憶は鮮明によみがえった。人身事故としては死者が出なかったことは不幸中の幸いだった。上杉は、ドクターオメガの認知症回復プログラムか、それとも伊藤が開発した英語のステレオ治療法か、真面目に取り組んだ島田の努力もあるが、いずれにしても記憶の欠落に効果があったことは間違いない。

島田は少しでも事故責任が軽減されるかもしれないと思ったのか、すぐに損害賠償の保険会社に連絡を入れた。たとえ事故の誘因が明子の母、順子であっても、また逆走してきた自転車にあっても警察の判断に任せるしかない。上杉は少し複雑な思いで病室を出た。

上杉は明子のお店が開く前に、明子ママを喫茶店に呼び出した。島田の記憶の追憶の事実を伝える。

「事故のことで母のところにも連絡が来るかしら？　母の認知症のことも聞かれたら話していいの」

「連絡は来るかもしれないが、その時は正直にパーキンソン病で歩行が困難なことや、認知症を患っている事実関係を話して、警察の判断に従うしかない」

明子は不安そうな表情でうなずいた。

上杉がアルツハイマーについては明言を避けた。

「起こした事実関係は変えられないが、直接本人が事故を起こしたわけじゃないから、心配ないと思うよ」

「母の方が事故については記憶が曖昧なの……。どう説明したらいいのかしら」

「お母さんには今は何も話さない方がいいと思うよ。不安のストレスは認知症にも悪影響を及ぼすから……。もし警察から連絡があったら、いっしょに付き添ってあげてね」

「警察署は行ったこともないから、怖いわ……」

「まあ呼び出しがあった時に考えればいいよ。それより運転していた島田さんが、意識を取り戻した時には事故のことは全く覚えていなかったのに、認知症回復プログラムをやっている内に見事なほど事故の記憶を取り戻したんだ」

「過失運転致傷になるから、その高齢の運転していた方も必死だったのね」

確かに島田の事故の記憶が甦ったことは、明子にとって母の責任を問われるストレスになったに違いない。しかし、それ以上の事故の話題は避けた。

「それにしても先生のところの病院にいるＡＩドクターロボットは凄いのね」

「確かに究極の認知症医療の姿かも知れないけれど、なんだか神の領域にまではみ出してきているようで、ＡＩロボットの進化は計り知れない」

「それはどういうこと」

「また時間のある時にでも話すよ……」

ＡＩロボットのディープラーニングについて、院内でも尊厳死について話題にすることはタブーだった。もちろん数人の医療関係者だけが疑わしいと思っているだけで、確認できているわけではない。しかもその背景にはもっと大きな組織力が働いている可能性があるからだ。スパコンのマザーから何がしかの指示があったのかもしれない。メディカルヒューチャーからの情報で、確信ではないが、報告は少ないが他のＡＩロボットの派遣病院でも尊厳死への対応が問題になっているらしい。しかし、ドクターロボットの患者に対する対応は意外とまちまちらしい。ディープラーニングも認知症患者の経験値によって、変化するのは仕方ないことかも知れない。

「上杉先生、うちの母もＡＩロボットの先生にお願いしたら、認知症が少しは改善するでしょうか」

考え事をしていた上杉は、明子の問いに我に返った。

「月島治療院は確かに認知症回復プログラム専門病院で、ＡＩドクターロボットは入院患者専属だから、外来患者に継続治療はちょっと難しいかもね」

その時、上杉は思い出した。

「新しく出来た、都立豊洲高齢者医療センターなら外来でも診断と治療もやってくれるかもしれない」

「そう言えばそんな記事が新聞に乗っていたわ」

「この前まで病院にいた臨床認知症療法士の中村君がそこにいるから頼んでみるよ。その施設にも最近ＡＩドクターロボットが派遣されたようだから……。

しかも中村君は、カラオケで認知症対策を独自に開発した臨床認知症療法士で、成果も着々と上げているようだから、通院できてカラオケが好きなら尚更トライするべきだね」

「カラオケですか……。ぜひお願いします」

それまで暗かった明子の表情が少し明るくなった。

第十五章
カラオケ療法の未来

加生明子は上杉の紹介状を持って、都立豊洲高齢者医療センターに母親の順子を車椅子に乗せて連れて行った。パーキンソンが進んだのか、歩行が不自由になってきたからである。朝早くから予約診療にもかかわらず待合室は患者であふれかえっている。

順子はＡＩロボットが指導する治療には消極的で、ドクターオメガの時も認知症カテゴリー分類のテストには抵抗があり、非協力的であった。順子にとっては、自分の身体をＡＩロボットが診察するなんて、想像もつかない世界だったからだ。

今回はまた別のＡＩロボットである。嫌がる母親の順子であったが、娘の明子の説得に渋々同意してくれたのだ。

認知症回復プログラムより、中村が開発したカラオケ療法からスタートさせることになった。検査技師の西川桃子が、順子の四十年前の好きだった歌手を選び選曲した。最初のワンクールの三週間はまず、座ったまま、テロップで唄わせて練習する。余程この歌が好きだったようで、ほぼテロップを見れば唄いきれるようになった。しかし、テロップなしの暗唱では、歌詞が思うように出てこない、特に二番、三番の歌詞が混同することが多くクチパクも思うようにははかどらなかった。

「加生さん、唄がお上手ですね」

手伝っているサポートの西川が若い女性であるからか、褒められれば中断も、さほど抵抗もなく、歌い終ったあとも昔の何かを想い出したのか、感無量の表情をしている。

「楽しかった昔のことを想い出しているのですか」

その西川の質問には順子は苦笑いだけで何も答えなかった。ただ瞼が潤んでいるので何か昔の楽しかった思い出を紐といているのには違いなかった。

控室で待っていた明子は、疲れた母の表情に単なるカラオケではなく脳機能の訓練であると実感していた。

「疲れたでしょう……」

明子の声かけにも不機嫌なのか返事はなかった。しかし、もう止めると言わないのは何か認知症の母親、順子にとって良い効果が期待できるかもしれない。明子は微かな手ごたえを感じていた。

週三日間の訓練は、二クールに入った。明子は中村から指示された、歌が流行っていた時の母の写真を探して持ってきた。まだ父が交通事故でなくなる前の元気な時で、母にとっては短くとも幸せなひと時だったに違いない。

今日も都立豊洲高齢者医療センターでは白衣を着たＡＩドクターロボット、ルナが出迎えてくれた。

中村が説明する。

「今回から患者さんの網膜に見えない光を少し入れますが、決して痛くはありません。ご本人は少し白内障が進行しています。従って写真の映像が間脳まで正確に届くかわかりませんが、認知機能の回復訓練のためにやってみましょう」

中村は不安そうな表情で苦笑いをしている順子に、ドクタールナに網膜への映像を指示した。今回から明子もプログラムの付添を許されている。

かつて上杉医師にお願いして、月島の認知症治療院のＡＩロボット、ドクターオメガに認知症の診断を依頼したが、脳動脈硬化性のパーキンソン疾患からくる認知症に関わらず、アルツハイマーの可能性を指摘されていた。しかし、認知症診断はカテゴリーⅢbであった。ヒトと違ってこの診断結果はＡＩロボットが代わっても大きく変わることはない。

ドクタールナは椅子に座っている患者の眼の高さの位置に移動した。あまり近づくとプレッシャーでカラオケの歌自体に集中できなくなるからだ。黄斑部への照射は比較的抵抗なくはかどった。

二クールが終了すれば、一週間は休みとなる。脳機能も筋トレといっしょでオーバーワークでは良い結果は見込めない。大脳基底核の梗塞性疾患は認知症を誘発させている可能性が高かった。回復の見込みはもう未知の領域である。パーキンソン独特の手指の震えに対して、マイクは旧式のスタンドマイクを設置した。

久しぶりに上杉は月島の明子の店バー『縁』に立ち寄った。

いつものハイボールが小鉢と共に並べられた。他の客はバイトの洋子ちゃんが対応している。ママが小声で話しかけた。

「先日は、母のこと、有り難うございました」

「その後のお母さんのようすはどうなの」

明るくふるまっているが、苦笑いの中には順子の病状を伝えきれない不安があった。

上杉はハイボールを黙って喉に流し込んだ。

「母のようすが変わってきたことは事実だけれど……」

「訓練もたんにカラオケで唄うだけじゃなかったでしょう」

「それが唄うことだけじゃなくって、二クール目のリハビリが終わった頃から、身なりに気を使うようになったの」

「身なりって」

「朝、鏡に向かってお化粧するようになったの……。ルージュは私のものだけれど、それでもいいのかしら」

「若いころの楽しかったころが甦ったのかもしれないね」

「そうかしら……」

「おそらく網膜から視神経を通して間脳を適度に刺激すると、その頃の記憶が想い出となって浮かんでくる。恐らく夢とはまた違った感覚じゃないか……。ＡＩには記憶の引き出しが無限にあるけれど、ヒトは良い意味で閉ざされた記憶の引出しが開けられて、楽しかった想い出に浸れるかも……」

「恥ずかしい話だけれど、下のお漏らしも少なくなったみたい」

「それは凄いことじゃないか。とにかく身の回りを気にするなんてカラオケの効果が出てきたのはよかった」

「本当に先生のおかげです……」

明子は声を詰まらせた。

「一時的にせよ。あっ、ごめんよ」

上杉は本音を口に滑らせたことを謝った。アルツハイマーが進行疾患である以上、改善への道のりは険しいからだ。

上杉のハイボールはいつの間にか二杯目になっていた。

「しかし、ＡＩも思い切った治療法を考えつくよなぁ」

「そんなにＡＩロボットルナは凄い知能なのですか」

「脳神経外科医の僕でさえ考えもつかなかったよ。さすがはＡＩドクターロボットだな。

まさにヒトの盲点をついている」

明子には受けなかったが、上杉は自分のジョークに笑みが漏れた。

「先生がそんなに機嫌が良いのは珍しいですね」

「そうかなぁ……」

明子ママが作ってくれた新しいハイボールを手に取り、口に運んだ。ウヰスキーの薫りと、ほどよい炭酸の刺激が喉頭を通過する。

上杉は溜息とも取れる、フーっと息を吐いた。

今までのＡＩに対する考え方が変わってきたのも事実だ。ヒトが入力した正解の蓄積から確実に進化を遂げている。これからの共存共栄を維持するには、ヒトの方からも積極的に理解して、ヒトも学習して歩みよらなければならない。


月島認知症治療院でも、伊藤が開発したステレオ療法は、英会話の教材ではないが簡単すぎるワードでは患者に効果が顕著に認められない。そこで普段聞きなれていないドイツ語に切り替えてみた。伊藤の友人にドイツ人がいたから、しかも日本語が堪能であったので同じ声質、同じトーンで同時通訳のように左右に分けて収録した。音量も押さえて収録する。伊藤はまずは自分で試してみた。左右の違う耳から異なった言語が聞こえても決してノイズィな感覚ではなかった。

木村院長が自ら行ったステレオ訓練の結果表をたずさえ、伊藤は院長室に向かった。

「伊藤先生、いかがでしたか。ステレオ療法の効果は、気分的には脳が刺激され活性している気分ですが……」

木村の方から問いかけるのは、木村もかなりの効果を期待しているのに違いない。二人はソファーに腰かけた。秘書がドリップ式の珈琲を用意して運んでくる。

「確かに脳に伝わっているのは感じますが、次には語学ではなくて音感を左右違った音で合わせて、側頭葉で和音を形成させせようかと思っています」

伊藤が認知症回復プログラムに、次々と新しい考え方を取り入れるのには、自分自身の老いに対する挑戦でもあるのかと木村は思った。

「専門的なことで申し訳ないですが……」

伊藤はそう前置きをして説明する。

「聴覚の第一ニューロンは橋にある蝸牛神経核まででしょう。第二ニューロンは蝸牛神経核に始まって対側の上オリーブ核で終わっています。第三ニューロンは外側絨帯で上オリーブ核に始まり一部は下丘に他方は内側膝状体で終わります」

聞いていた木村は、さすがに神経生理学の元教授だけあって、専門的な知識に基づいて研究しているのがわかった。珈琲カップを持ち上げる間もない。

「従って聴覚の最終ニューロンは下丘、内側膝状体に始まって同側の側頭葉で終わっています。左右の内耳は大脳皮質に連結されています」

木村はやっとカップを持ち上げた。

「だからわざと異なった音の刺激を与えるのですね」

「たとえ一側の大脳半球に脳梗塞の障害があってそれが原因で認知症になったとしても、明らかな聴覚の脱落はみられないはず……」

「どれぐらいの時間の音刺激を加えるのですか」

「集中力や患者の体力を考えると、せいぜい三十分が限度でしょう。繰り返すことによって何らかの影響は受けるはずです」

木村も納得したように大きく二度うなずいた。

「側頭葉の脳萎縮は認知症になっても比較的少ないと言われていますからね」

伊藤は自信ありそうな言い方だった。

「ぜひとも、認知症患者にもその効力を試してみて下さい」

木村は快諾した。

「音の刺激では、倫理委員会もパスするでしょうし、ぜひとも大学の倫理委員会を通しておいてから、ステレオ治療の効果を確認して下さい……期待していますから」

木村は明るい表情で、冷えたブラックの珈琲カップにミルクを入れた。

「効果の判定はドクターオメガに任せたらいいですよ」

「そうですね。木村院長の許可も得たから、さっそくはじめて見ます。認知症患者では語学学習よりカテゴリーⅣになると、言葉の意味を理解するより、音感刺激の方が効果的だと思います」

「それにしても伊藤先生は勉強家ですね」

「ただ、ここが認知症治療院の認可をもらっている以上、ＡＩロボットに頼ってばかりはいられません。我々のようなヒトの地味な努力が必要なのです」

病棟ステーションに戻った伊藤は、認知症患者のカルテから三人の患者を選び出した。いずれもドクターオメガが診断した、男性八十代後半のカテゴリーⅢｂの患者である。

ステレオ療法にあたって極端な聴力障害はカルテから外した。やっとのことで同意書にサインはもらえた。

左右の音刺激は合わせれば和音になるが、語学と違って聞くと言う集中力が続かない欠点があった。興味を持ってもらわなければリハビリは成功しない。

患者の一人である立川篤志は音感よりむしろドイツ語に興味をもってリハビリを続けた。何を言っているのか聞き取ろうとする意志が、続けていく結果につながった。

「伊藤先生、ただの音よりドイツ語の方が面白いですよ」

立川は三十年前になるが五年間の米国ロスの海外出張の経験があったから、他の二人と違って英語は堪能だった。ドイツハンブルグへの出張期間もあり、だからあえて音感ではなく立川はドイツ語を選んだ。

「たとえわからないワードでも、何度も繰り返し聞いている内に思い出して理解出来ているような気がします」

「ところで酸素の吸引の効果も続けてみて下さい」

伊藤は酸素の効果は自分の実験でも実感がなかったが、理論上は脳機能には効果的であると信じている。数値ではまだ表せていない。

「気のせいかもしれませんが、あっすみません。気分の高揚には役にたっているようです。目に見える効果ではありませんが、あっ失礼、目ではなく耳でしたね」

冗談交じりに立川が伊藤に気遣うところはとても認知症患者とは思えない。伊藤も苦笑いしたが、酸素吸引濃度は四リットルに設定していた。しかしステレオ療法の集中力の維持には三十分が限界と決めている。

「一カ月や二カ月ではなく、三十回ステレオ療法を継続して頂いたら、またドクターオメガの認知症カテゴリー分類の診断を受けてもらいます」

「改善しているような気がするので、楽しみですね」

「まだあと十回近く残っていますから頑張って下さい」

そう言い残すと伊藤は音感刺激を使ったステレオ療法の他の二人のところに向かった。

立川の継続しているドイツ語のステレオ療法も、後二回で終了を向かえる直前になって事件は起きた。

伊藤は朝出勤するや否や、立川篤志の突然死の報告を受けた。大動脈弁閉鎖不全による心不全の確認は明け方のことらしい。当直医が対応したが、病室にはドクターオメガも駆けつけていた。

「そんなバカな……」

報告を受けた伊藤は絶句した。今週末にはドクターオメガの認知症カテゴリー診断の新たな評価がでるはずだった。本人を含め、かなり期待していた伊藤にとってショックだった。ステレオ療法が突然死を誘発したとは考えたくなかった。

立川の病室に入ると、そこにはすぐに連絡を受けた木村院長も駆けつけてきた。

「院長、後三日もすれば立川さんのステレオを使った認知症回復プログラムの良い結果が出るはずだったのに残念です」

伊藤はゆっくりと立川の顔を覆っていた白い布を外した。安らかな表情だった。しかし微笑のデスマスクとは異なっていて、直前のドクターオメガの回診もなかった。

駈けつけてきたオメガにさっそく伊藤の質問が飛んだ。ドクターオメガが答える。

「心モニターを確認しましたが、不整脈による心不全で、基礎疾患に大動脈弁閉鎖不全もありますから、恐らく睡眠中の無呼吸症候群による心負荷が心不全を誘発したものと考えられます」

聞いていて、なるほど死因の状態を把握して正しい診断であることは確かだ。

もしも立川さんの死因が、自分が開発した認知症のステレオ治療が心負荷への負担になっていたのであれば考え直さなければならない。一抹の不安が伊藤の脳裏をよぎった。

今回については、ドクターロボットオメガの尊厳死に導く行為があった可能性はなさそうだ。仮にそうだとしても理由は見当たらない。立川の死期を早める理由が伊藤には見当たらない。来週に行われる予定だった立川さんの認知症カテゴリー診断の再評価は、かなりの段階まで改善していたであろう。残念でもあり、伊藤は考えれば考えるほど不穏な感情にとらわれていた。

ＡＩロボットのランギュラリティの世界が現実に迫っているのかもしれない。それはＡＩドクターロボットの能力が、ついに人類の知能を越えて出した結論なのか……。ありえない、あってはいけないことだ。

午後の三時になって、伊藤はドクターオメガに面会を求めた。

ドクターオメガはちょうど充電が終わって部屋にいた。伊藤の表情を見ても別段変わることもない。

「今朝亡くなった立川篤志さんのことで聞きたいことがあるのだけれど……」

「どのようなことでしょう」

「ところで僕の行っている音感刺激のステレオ療法には効果だけではなく、心不全を引き起こす誘因となったのか、率直に意見を述べてみてくれたまえ。立川さんの血液のBNPが上がっていたのがやはり気になってね」

「理論的基礎生理学に基づいた、とても良い訓練だと思います。一時的にせよ認知症が改善したことは事実です」

「一時的か……」

伊藤は分かってはいたが、そうハッキリ言われるとムッとした表情に変わった。

「じゃあ、今やっている認知症の回復プログラムも無駄なのか」

「決して無駄ではありません。加齢による経年変化はヒトの定めですから、少しだけ遅くすることが出来れば、それは効果と言えるでしょう。しかしそれ以上の脳機能の若返りは無理だと思います」

「ずいぶんはっきり言うが、それは今までの経験したディープラーニングの結果、辿り着いた解答なのか」

「そのようです」

「じゃあ、認知症もカテゴリーⅣとか、意思表示が完全に出来ないＶだとヒトは生きている価値もないのか」

「価値ですか。それはヒトが判断することで、ＡＩロボットが認知症患者さんのこれからの生き方をどうこうと言うことはありません」

正論武装しているＡＩロボットに口論で勝てるわけがなかった。しかし伊藤は思い切って問うてみた。

「昔日本でも口減らしのために、役に立たなくなった年寄りを姥捨て山に捨てに行った習慣があったが、オメガはその事実にはどんな考え方を持っているのだろう」

「その歴史的な背景には経済的貧困が原因だと思います。農村でも庄屋や豪農が歳をとったからと言って、姥捨て山に捨てられた記述はありません。もちろん例外はあるかも知れませんが」

伊藤はさらに核心に触れてみた。

「病院で意思疎通の見込みがなくなった患者を、そこで尊厳死へ導くことについてはどう思う」

二、三秒の沈黙があってからオメガは答えた。

「伊藤先生は何か疑っていらっしゃるかもしれませんが、ＡＩロボットはあくまでもヒトが創造した機械です。従っていずれの判断も最終的にはヒトであって、ＡＩロボットは最終的には認知症患者本人の意思を尊重します」

「それは意思疎通が出来ないカテゴリーⅤになると、もう本人からの尊厳死を選択する判断は無理だろう」

　ドクターオメガはその質問には答えなかった。しかし余裕のあるようなその態度は、分かるとでも言いたいのだろうか……。

「伊藤先生がおっしゃるヒトの尊厳死とは、どのような定義ですか」

「そのヒトが死の直前に、これは尊厳死だと納得することが大切で、別に他人が死にざまや死に方をとやかく判断することじゃない。明確な定義がある訳でもない。あえて言うと、ヒトとしての尊厳が死という現象の中に存在するかどうかだ」

「ずいぶん解釈があいまいなのですね。カテゴリーⅤの患者には明確な意思表示は出来ないでしょう」

　ＡＩロボットにしては失礼な言い方に、でも伊藤は冷静だった。

「そうかもしれない。でもそれはＡＩでも同じじゃないか」

「カテゴリーⅤでも認知症患者の視床下部からの信号は受け取ることが出来ます」

「それは本当なのか？　……」

ここでドクターオメガとの会話が途絶えた。

認知症予備群患者の多くが、口では尊厳死を望んでいるが、ＡＩロボットはそう希望する認知症患者に接していく内に、尊厳死はたんなる観念論であると見抜いているのだ。だからカテゴリーがⅣ以上になると、恐怖を伴わない安楽死への誘いを積極的に勧めるのだろう。これは伊藤の仮説であって想像でしかない。


伊藤は亡くなった立川さんの遺族に、不整脈による心不全で、大動脈弁閉鎖不全も基礎疾患にあったにせよ、大学病院に遺体を移送して、そこでの病理解剖を依頼した。聴覚を通じて脳に与えてきた音感ステレオ療法が、脳神経、側脳室だけではなく特に海馬に病理組織学的に影響を及ぼしたかを検索したかったからである。

認知症の改善プログラムが数多くの世界の研究者で始められている現在において、脳のポジトロンＣＴ検査の報告も改善の証明には欠かせない。しかしこれはステレオ治療に同意しているとはいえ、今回の直接の死因に影響したとすれば訴訟の対象になる危険性もあった。それでも伊藤は木村院長と遺族の同意を取り付け、病理解剖の目的で遺体を大学に移送した。

伊藤の姿は再び木村院長室にあった。立川篤志さんの大学での病理解剖の許可である。遺族への承諾書はすでに印鑑をもらっていた。

「伊藤先生、せっかく音感ステレオ療法の効果が表れてきたところだったのに、立川さんの突然死は残念でしたね」

木村はそう言って、伊藤をソファの椅子に掛けさせた。

「そうです。まったく大動脈閉鎖不全による心不全を予知していなかったものですから……」

「立川さんの脳組織の検討もそうですが、先生の真意は別のところにあるのじゃないですか」

伊藤は思わず苦笑いをもらした。

「院長の洞察力にはかないませんよ」

「ステレオ療法による聴覚刺激が心不全を誘発した影響を調べるだけではなく、突然死による死亡原因と微笑の安らかなデスマスクの正体を、脳組織の病理解剖で組織細胞学の見地から解明しようとしていませんか」

「しかし、今回ではないとはいえ安楽死に至った患者を、どうやって死に導いたというより、死後数時間が経過していると、伝達性ニューロンの臨床生理学的ダメージが残っているかどうかは疑問ですからね」

「それはあります。なにせ相手がＡＩロボットですから……。オメガが尊厳死のお手伝いをしたとしても手掛かりとなる証拠は何ひとつ残さないでしょう」

「それに今回のことは、ＡＩロボットオメガは関与していないらしい……」

「立川さんは確かに心不全による病死ですね」

木村院長も病理解剖には消極的ではないにせよ、認知症患者をあずかる病院の責任者としてはドクターロボットとの共存であって、責任の所在を明確にすることは本意ではなかった。それにどちらが正しいとは言い切れないのが実状である。

「結局は、ＡＩドクターオメガにしかわからない」

「自らが経験に基づいてディープラーニングした結果、辿り着いた答えなのでしょうか」

「と、いいますと」

伊藤は木村に聞き返した。

「ＡＩの世界もジュピターとか、あるいはスパコンレベルで、認知症対策を指導している可能性はないのでしょうか」

伊藤の表情がくもった。額には深い横皺が刻まれている。

「それは考えられなくはないですね。それが、ひょっとすると国の方針かも……」

「やはり先生もそう思われますか。それが仮に事実だとしても、我々医療人にはどうすることも出来ない」

「疑っていても、知らない顔をして無視するしかない……」

伊藤も言葉につまった。

「ヒトの認知症介護医療費の増大による経済破綻はもう先が見えているから、我々医師が口を大にして言うことではないですが……」

伊藤が何を言いたいのかは、木村にも理解できた。

「そうですね。ステージⅤの認知症患者を姥捨て山に連れて行くのを、ＡＩドクターロボットが実行しているとしたら、我々ヒトの医師は、それをただ黙って見送るしか手立てがないのかもしれません」
木村院長と伊藤が到達した解答だった。
重い課題を突き付けられた伊藤は院長室を後にした。

第十六章
視床下部からの叫び

「優等生だけど偏屈者のＡＩロボットのご機嫌伺いにでもいってみるか……」

冗談を言いながら上杉は、ドクターオメガに面会を求めた。それは尊厳死の問題ではない。

廊下で副院長の伊藤とすれ違った。

「伊藤先生、どちらに行かれたのですか」

「今、オメガ君の部屋にだが……」

「ドクターオメガは本音で話しましたか」

「ＡＩロボットは、話すことすべてが本音であっても本心ではないな」

伊藤はそう言い残すと足早にこの場を離れた。

「上杉先生、わざわざお越し下さって何でしょうか」

その姿は充電していなければ、白衣を着た小柄な医師でもおかしくはない。しかし、言葉は気遣っても、声は抑揚のない機械音だった。先ほどまで伊藤と話をしていたなんてみじんも感じられない。

「ドクターオメガは、アルツハイマー病は知っているね」

「病態の知識としては理解しています」

「そう、それだが、具体的に改善する方法があるのなら教えて欲しい」

ドクターオメガの口から出た言葉は、上杉が想像していた通りの答えだった。

「病理組織学的には解明されてきてはいますが、認知症とは異なって症状発症に対する原因は究明されていません」

「やはりＡＩでもサゼッションは無理なのか……」

「進行を遅らせる試みはなされていますが、精神疾患として進行してくる脳の変性を止めることは不可能でしょう」

上杉の表情がまだ硬いまま、納得は出来なかったものの退出すべく、オメガに会釈すると部屋を出て、その足で院長室に向かった。

オメガは他のＡＩドクターロボットと違って、月島認知症治療院で作成した回復プログラムをシグマから知識を移設されていた。従って認知症のカテゴリー分類の評価判定を担当した。それからはヒトの医師と助け合って認知症の改善に専念してきたはずであった。今ではその回復効果は限定的で明確にはグラフに現れてこない。

「何故なのでしょう」

上杉が木村に質問する。

「もちろんそれは、患者側の継続する努力の問題点もあるだろう。しかし、オメガから一度も新たな回復プログラムの修正の提案はなかった。回復リハビリの突然のキャンセルにも無関心で、本気で取り組んでいるようにはどうしても思えてこない」

「それは僕にも思い当たる節があります」

「認知症患者をオメガが評価した結果、見込みなしとでも結論づけたのかもしれない」

「院長先生、ＡＩロボットでも諦めることがあるのでしょうか」

「わからないが、それどころか、カテゴリーⅣの領域を超えると、尊厳死への旅立ちを助ける究極の選択を実行している可能性がある」

「オメガの考えでは、カテゴリーⅤになるともうそれは、認知症ではないらしいですね……」

疑ってはみたものの、上杉にも最たる確証はなかった。しかし、実際に安らかなデスマスクの原因となる証拠は何ひとつない。


医局に戻ってきた上杉は、木村院長と伊藤も加わり、それぞれ心の中にあるわだかまりがミニミーティングにつながったようだ。

病棟回診から戻ってきた水野医師も参加する。

スタッフを前に最初に口を開いたのは木村院長だった。

「認知症患者に対してＡＩロボットに過度な期待をしているのじゃないか……。カテゴリー分類の評価判定に対してはドライな対応が我々よりも群を抜いて優れてはいるが、認知症回復プログラムの実行はかなり手こずっているように見える」

「ＡＩのディープラーニングから奇跡の改善方法を教えてくれるような、妄想を持っていたのかもしれませんね」

　率直な上杉の意見だった。

「確かに目に見えて回復させることは非常に困難で、現状維持でも良しとしなければね」

　先ほどオメガに会ってきた伊藤が、溜息混じりに答える。

「我々医師が認知症の回復に立ち向かうのは、歳を若くするぐらい不可能なことじゃないですか」

　若い水野がネガティブな発言をする。

「みんな分かっていても、専門医が認知症患者を見捨てるわけにはいかないからね」

「伊藤先生、ステージ分類はまだしも、回復プログラムを丸投げして、オメガに任せていること自体が間違っていたのですか」

「困難だからと言って、医師が認知症患者の改善対策を避けてきたからじゃないですか」

　水野の発言に木村がサポートする。

「しかし今回、伊藤先生が開発された音感刺激の訓練は良い効果が表れているではありませんか」

「ドクターオメガが効果を認めたプログラムは初めてでしょう」

それまで黙っていた上杉が話に加わった。オメガに対していつまでも疑念を持っているより、協力によって共存する方が賢明である。

伊藤の重い口から洩れる。

「橋にある蝸牛神経核より先の下丘と内側膝状体にまで影響してくるから、それならカテゴリーⅡaまで改善できると考えていいのか……。それから先は分からない」

「伊藤先生、尊厳死への旅立ちをサポートすることを学んだとしても、単純にＡＩロボットを責められない責任を感じました」

上杉もオメガとの距離が分かってきた。伊藤が追加する。

「声を大にして言うことじゃないけれどね……。我々がその行為を認めるわけにはいかない。認知症患者にとって道義的な問題があるだろう」

「そうですね」

「我々の認知症患者に対する姿勢は、程度の差はあれ、あくまでも継続して勉強してもらうことだろう。手段は何でもいいから、小学生の教科書から思い出すように記憶を甦らせる」

「科目は」

「好き嫌いにかかわらず、算数、国語、英語、歴史などバランス良くね」

「集団で塾のように、小学校の教科書を再度、学ばせる。評価点が良かったら学年レベルを上げる。簡単な試験も行う」

おもわず伊藤と上杉が顔を見合わせた。

なぜ木村院長からそういった言葉が飛び出したのか、ヒトの医師とのコミュニケーションに、脳機能の回復にはかつて学んだ学習しかないと考えついたのだろう。

「生理学的音感刺激、ステレオ療法も同時並行でトライしてね」

「それで脳萎縮が進んでいても再構築の可能性はあるのでしょうか」

「水野君、何でもやってみないとわからない。やらないで結果を推論するべきじゃない。勉強によってこそ、奇跡が生まれるかもしれないだろう」

「その通りですね。さっそくカリキュラムを筋トレの体育授業を含めて検討させて頂きます」

「必要なら定年退職した小学校の先生にも協力してもらうかもね。我々は病態としてのサポートを、ドクターオメガは認知症回復の指標をそれぞれ役割分担してみよう」

木村院長もドクターオメガを巻き込んだ新たな認知症患者の対応に希望を見出したようだった。

土曜日の休日に上杉は加生明子を夕食に誘った。食事に誘ったのは明子の母親、順子のドクタールナによるカラオケ療法が上手くいっているとの報告に、進捗状況が気になったからである。

上杉の機嫌は良かった。

月島駅で待ち合わせ、銀座はタクシーですぐの距離だ。予約していた銀座八丁目の天ぷらの老舗「天あさ」のカウンターはすでに二組の客で埋まっていた。

上杉は周囲には聞こえないように声を潜めた。食事会にはふさわしくない話題であるが、明子には切実な問題だった。

明子も小声で上杉と応対する。

「先生、日本のこれからの認知症社会はどうなっていくのでしょう……」

「どうなっていくのだろうね。僕だっていつ、医師の立場から患者の立場に転落するかもしれないからね。今日、美味しいものが食べられることが幸せだと感謝するようにしている」

ちょっと考えてもいなかった消極的な上杉の発言に明子は驚いた。

「日本文化の天ぷらに乾杯」

上杉は苦笑いの表情でグラスを上げ、生ビールを口に含んだ。二人は喉を潤した。

先付けの後、さっそくカウンターの皿の懐紙に、揚げたての車エビが並べられた。

店主が声をかける。

「塩でもおろし汁でも、熱いうちに食べて下さい」

上杉が塩レモンを選択した。

「母の病状のことを少し聞いてもいいですか」

急に真剣になった明子の表情からして、上杉は次の言葉が聞きづらかった。それは軽度のアルツハイマー（ＭＣＩ）が基礎疾患にはあると告げられていたからだ。上杉は精神科領域の病態は明子にはとりわけ説明を避けた。認知症が不可逆的に記憶力や思考力を低下させ、いずれは人格の崩壊に至るからだ。

「お母さんの認知症の症状が中村君の開発したカラオケ療法で少しでも改善の方向にあ

れば、それはいいことじゃないか」

順子の病状報告では何か変化が起きた可能性があった。明子の緊張を解くために上杉は次に冷酒の大吟醸を注文した。緊張しているのは上杉の方かもしれない。

「明子さんも少し飲みますか」

「はい。いただきます」

江戸切子のお猪口が並べられた。日本酒の薫りがぎこちない会話を滑らかにさせる。蓮、鱚、マイタケ、帆立、アスパラ、ウニの海苔巻……。揚げたての江戸前の天ぷらがタイミングよく次々と並べられる。明子が上杉の空いた杯に冷酒を注ぎ込んだ。二号徳利のお酒が底をついた。

「すみません。同じ冷酒でよろしいですか」

着物を着た女将さんが後ろから声をかける。上杉は冷酒のお代わりを注文した。

箸休めに、胡麻豆腐と刻みサラダが出てきた。しばらく食事に集中して会話が中断していたが、明子が急に思い出したように上杉に訊ねた。声は小さかった。

「先生、母の病名は認知症とパーキンソンだけですか」

「大脳基底核を中心とする脳動脈硬化からくる認知症の合併はしているようだけれど」

明子は何か悩んでいるように思えた。

「紹介した豊洲高齢者医療センターで行っているカラオケ療法で何かあったの？　最近ではＡＩドクタールナも協力しているらしいね」

「紹介頂き有難うございます。昔は唄が得意だったようですが、私は聞いたことがありませんでした。それがセンターにいるＡＩロボットに当時の写真の映像を網膜に映してもらっていると、何を想い出したのか歌い終えると感無量で涙ぐんでいるのです」

「きっと若かりし頃の楽しかった想い出が甦ったのかもしれないね」

「それは母にとって良いことなのでしょうか」

「それは夢でもそうだけれど、楽しかった記憶も認知症だと時間とともに枯渇していくんだ。だからかなり刺激が脳に良い影響を示しているのじゃないか」

東京湾で取れた穴子が懐紙の上に並べられる。

「熱いですからタレが合うと思います」

女将の説明に大根おろしをたっぷりつけて口に入れる。

ちょうどほどよい触感が口の中に広がる。しばらく二人は舌つづみを打って暗い話題を忘れようと無言で食べた。

「ほんと、天ぷらが美味しいのは、油、それとも粉かしら……」

「どっちも重要だろう。それに材料の新鮮さ、それよりもまして店主の経験だろう」

店主が声をかけた。

「最後は天丼に天バラ、後、天茶がありますが……」

「僕は天丼で、明子さんは」

「天バラってどのようなのですか」

「エビと小柱を揚げたものを混ぜて、天つゆではなく塩で味付けをしています」

「めずらしい。私はその天バラを頂きます」

赤だしと香の物が運ばれると、小鉢に天丼と天バラが並べられた。

最後のデザートは抹茶のアイスクリームである。

「私、お腹がいっぱいです。先生のお話のとおり、お腹がいっぱいになることはすごく幸せを感じます」

「それはよかった」

店主とは顔なじみらしく上杉は、笑顔で満足感を伝えた。

明子の表情から何かをまだ言い残したような雰囲気を感じた上杉が、近くのバル『ワン・モア』に移動した。

小さな自動演奏のピアノが置いてある。銀座では珍しく土曜日にも開いていた。

カウンターに腰かけた二人にバーテンダーが近づいてきた。よく見ると店員はＡＩロボットだった。

「バーボンを炭酸で……」

「先生、バーボンなんて珍しいですね。私はウヰスキーで同じく炭酸で割って下さい」

「ハイボールですね。承知しました」

ピーナッツやアーモンドなどの乾きものが入った小鉢が置かれた。

やっとホッとしたのか明子が話し始めた。

「母の話ですが、カラオケ療法に通うようになってから、少し日常のようすが変わってきたのです。それに……」

「それに何」

「ＡＩロボットのドクタールナから、パーキンソンよりアルツハイマー病を発症していると診断されたって言っていました」

上杉は驚いて明子を見た。

「患者の診断名をそんな簡単に話すべきではないけれどね。それでどのようになったの」

「今までPCには関心も示さなかったのに、ネットで何かを調べているのです」

「内容は消去してあるし、聞いても何も応えてくれなかったのです。恐らくアルツハイマー病の今後のことを調べていると思うの」

「えっ、PCが使えるの。それはカテゴリーⅢとは思えない行動だね」

「認知症が良くなっていくのは嬉しいのですが、この先がどうなっていくのか不安です」

「しかし、良い方向に向かっているのならいいじゃないか」

「それなら嬉しいのですが……。カラオケ療法の中村先生から、先日再び、母がドクタールナに何かを相談したらしいのですが、内容が何かはわかりません」

「何を相談したのか、ヒトの医師ではなくドクターロボットに相談したとは、それはヒトの医師が信頼されてない証拠だね」

上杉は振り返ってグラスを持ち上げた。しかし、表情は暗いままだ。

「中村先生もドクタールナから具体的な報告は聞いていないそうです。先生にご心配をかけてすみません……。でも何か不安です」

「なにも僕に謝ることはないよ。確かにＡＩのドクターロボットは医師の知識を充分持っているから病気のことを相談したのかも……」

「認知症についてですか」

「それは分からない」

上杉はアルツハイマーに関する話題を打ち切った。明子の不安がどこにあるのか分かってはいても母親である順子のこれからを、言葉にすることはできなかった。


数日後、不安は的中した。

ドクタールナによる認知症カテゴリー診断の再検査が行われる前日の夜。とんでもない事態が起こった。明子が店を閉めて家に帰った時に、介護ベッドの下で横たわっている母、順子の変わり果てた姿を見つけた。タオルを縦切りにして結びつけた紐で、ベッドの手すりに結び付けて、ゆっくりと自分の体重で首を締めたのだ。

自殺だった。警察の検証が終わり、遺体は行政解剖の手続きのために、所轄の警察に安置された後、大塚の監察医務院に運ばれる。

連絡を受け監察医務院に駆けつけてきた上杉もショックだった。

「何故、母の認知症が良くなりかけていたのに、自ら死を選んだのかわからない」

明子は目頭を押さえ茫然としている。

「逆に認知度が改善したからこそ、これから認知症介護に対する将来の不安を危惧した結果だろう」

「何か遺書みたいなものはなかったの」

明子は気を取り直してハンドバックから封筒を取り出した。そこには驚くことにワープロで印刷された遺書があった。そこにはアルツハイマー病と認知症に対する恐怖がめんめんと綴られている。

今、一時的にも判断できるときに選んだ結論は、自己判断できる今こそ自らの命を絶つことだった。

「カラオケ療法がいけなかったのでしょうか」

認知症の症状が改善したことが裏目に出たのかもしれない。

「それは違うと思う。たとえ一時的にせよ、昔の楽しかった記憶が甦り、想い出に浸れた時間は幸せだったと思わなければ、お母さんは浮かばれないよ」

「そうかしら……」

明子は納得していなかった。

「何故わざわざ、ワープロで遺書を打ったのかしら」

「それはね、脳動脈硬化によるパーキンソン病も併発していたでしょう。企図振戦といって、手の指が震えてペンが握れなかったからじゃないか……。よく見てごらん最後のサインはおそらく直筆だろう」

遺書を取り出すと明子は文面を読み終え、まじまじとサインを見た。確かに震えていたのが分かる。

「これから先のことを考えると、自らの意思で旅立ったお母様の決断には感謝しなければならないよ……。慰めの言葉にもならないが。

もうすぐ行政解剖が終わると葬儀の場所も頼んでおかないとね」

「はい…………」

明子は待合室の壁時計を見た。

棺に納められた順子の遺体が引き渡された。

認知症とはいえ母、順子のデスマスクは安らかであった。病気から解放された安心感なのかもしれない。明子の涙はさらに止まらなくなった。

死亡理由が理由だけに、身内だけでの密葬が終わり中央区の月島に戻ってきた。上杉は都立豊洲高齢者医療センターに連絡を取り、ドクタールナに面会を求める。

ＡＩドクターロボットは、先日オメガと面会した直後だったにもかかわらず、ドクタールナには出会った直後からオメガとは違う雰囲気を感じていた。ロボットなのにこれほどの個性が感じられるのは何故だろう。

ロボットとはいえ個性なのかもしれない。上杉は単刀直入に質問した。

「カラオケ療法を続けていた加生順子さんが先日亡くなりました。自殺でした。もちろんご存知ですよね」

感情がないだけにルナの反応は乏しいが、上瞼が一瞬閉じた。

「亡くなる直前に順子さんがドクタールナと面談したようですが、どのような内容だったのかお聞かせできませんか」

ルナからの返答は、上杉が想定していたものだった。

「加生順子さんは断片的にせよ過去の記憶が甦り、今の病態の自分のおかれた病態と今後の経緯を知りたかったのだと思います。そのうえでの結論だったと思います」

「あなたが自殺を勧めたのですか」

「それは誤解です」

自信を持ってドクタールナははっきりと否定した。

「でも、質問にはアルツハイマーの病状は伝えた……」

「問題は伝え方でしょう」

「上杉先生、たとえどのような状態にせよ、ヒトに対して自殺幇助とか自殺を勧める行為は一切禁止されています。決めて実行されたのは、あくまでも本人の意志です」

「でも認知症のことだけじゃなく、アルツハイマー病のこれから起り得る状態については教えたのでしょう」

「聞かれた問いにしか答えていません。それに加生順子さんは、ネットで調べたようで、実によくご存じでした。とてもカテゴリーⅢとは思えません。これはカラオケ療法の効果だとおもいます」

「でも自ら命を絶つことはないだろう」

「これは、母親順子さんの娘に対する思い遣りではないですか」

ＡＩロボットから出た『思い遣り』という言葉に上杉は驚いた。

「それが正しい行為であるとかそうでないとかは、ＡＩロボットは判断しません。日本には日本の文化があり、どう生きるかを判断して決めるのはあくまでもヒトです」

ＡＩらしくまた正論であった。

「あくまでもヒトの認知症の進行を遅らせ、ひいては一時的にせよ改善の糸口を見つけてお手伝いします」

「でもアルツハイマー病のこれから起こる病態に変化を説明したら、どういうことが起きるか想像できるだろう……。まさか命の絶ち方についても相談に乗ったのじゃないか」

「上杉先生、推測だけで判断しないで下さい。どういう行動をとるかはすべて本人の自己責任です」

上杉はこれ以上のドクタールナとの会話は無駄だと察した。

「有り難う。忙しいのに時間を取らせて……」

上杉は立ち上がって豊洲高齢者医療センターを後にした。

月島認知症治療院に戻ってきた上杉は、ドクタールナと面談したことで、益々疑念が膨らんでいった。

明子から聞いた順子の自殺に至る状態は、認知症患者が思いつく方法ではない。タオルを細くつなぎ合わせて、しかも濡れていたらしい。縊死に至る時には紐は温められていたであろう。ドクタールナが順子に、何をどのように伝えたのか、今となっては全く闇の中である。


昨夜も月島治療院に入院しているカテゴリーⅣの認知症患者が亡くなった。安らかなデスマスクはもう常態化している。

上杉はドクターオメガの不可解な行動には触れないで、考え方を確認したかった。

ドクターオメガは部屋にいた。めずらしく白衣を着ていなかった。

椅子に座るや否や上杉は切り出した。

「たとえ認知症の回復が不可能と判断されたとしても、尊厳死という名の下で切り捨ててしまうやり方は、合理的で経済効率が良くても、医学倫理としても、そしてヒトとしてそれを容認する行為は見逃せない」

「では上杉先生、重度の認知症患者さんをどうされていくのですか。先生の力で治せるのですか。それならお任せします」

上杉が言葉につまった。

確かにきれいごとを言っている場合ではない。

ドクターオメガの行為を止めさせたとしたら、認知症医療はたちまち破綻に向かうことは明らかだ。

「ヒトとして意思疎通もなく、管とオムツで生かされている姿は、それは生きているとは言えません。ただ死んでいないだけでしょう。人間のあるべき姿ではありません」

ドクターオメガの言葉は辛辣だった。

「それでも尊厳死に至るためには、本人の意志というか、同意が重要ではないのか」

「もちろん、カテゴリーⅣ以上の認知症であっても、患者本人からの旅立ちの確認は必ずとります」

「えっ、どうやって」

上杉は怪訝そうな表情を見せた。

「ヒトとして脳機能の最後の砦である視床下部からの意思表示はくみ取ることができますから」

「どうやって」

「それはお伝えできません」

間髪入れないオメガからの返答は早かった。

ドクターオメガが亡くなる直前に病室を回診する理由がそこで解けた。しかし、そこでどのような医療行為をしたかは不明のままである。それが重症認知症であれ、患者本人の意志を確認することは、我々ヒトの医師では出来ない。


上杉は思い切って、東京都港区六本木、ヒルトップ高層階にある株式会社メディカルヒューチャーに連絡を取った。認知症回復プログラムが組み込まれた医療用ＡＩドクターロボットを開発した人物と会って認知症医療の現場での現状を確かめたかったからだ。開発したのはＡＩの革命児と云われている脳科学者の榎木公彦である。ＡＩドクターロボットが、認知症対策として患者に向き合いディープラーニングを繰り返すことによって進化するスピードは想像をはるかに超えていた。五十代であろう榎木の反応は冷静だった。

忙しいスケジュールを割いて榎木は上杉と面会した。榎木のＡＩ研究のスタートが、神経伝達性ニューロンの代謝物質である生化学の研究だと聞かされさらに驚いた。

認知症の病態と闘う臨床医としての経験を、上杉はそのままを率直に榎木に伝えた。もちろんカテゴリーⅣを越えた患者の尊厳死への導きについてもだ。

「想定外の出来事ではないにせよ。ＡＩドクターロボットがディープラーニングを自習することはそこまで達していましたか……」

報告がなかったわけじゃないにせよ、榎木はその事実を否定することもなく、上杉からの臨床経験に黙って耳を傾けた。

「先生にお聞きしたいのですが、コミュニケーションが全く取れなくなった患者でも尊厳死の意思表示ができるというのは本当なのですか」

上杉が一番聞きたかったことだった。そこで初めて榎木が聞き返した。

「ＡＩロボットがそう言ったのですか」

「そうですが、詳しい説明はありませんでした。ただ視床下部からの意思の信号はレセプトできていると答えていました」

「そう言ったのですか……。それには驚きです」

そう言いながらも榎木の反応は冷静だった。

「これからのＡＩロボットはどうなっていくのでしょうか」

「たとえそれが、ランギュラリティの世界であっても、上杉先生が心配されるようなＡＩロボットがヒトを支配することはありません」

榎木は、説明は避けたものの、根拠のあるような言い方だった。

「ヒトとＡＩドクターロボットは我々のような医師と共存できるのでしょうか」

「仲良くはなれるでしょうが、ヒトを尊敬して敬うことはなさそうですね……」

榎木がはじめて苦笑いの表情をしたが、上杉は笑えなかった。

ＡＩドクターロボットにヒトの認知症を委ねることは、これって本当に正しいことなのだろうか……。そのことについては、口をはさむことさえ憚れる。

上杉は解決方法が見つからない迷路に迷い込んだような気持になった。

AIロボットドクター
神の使いか? 悪魔の化身か?

著　者　　小橋隆一郎
発行者　　真船美保子
発行所　　KK ロングセラーズ
東京都新宿区高田馬場 2-1-2　〒 169-0075
電話（03）3204-5161（代）　振替　00120-7-145737
http://www.kklong.co.jp

印刷・製本　　大日本印刷（株）
落丁・乱丁はお取り替えいたします。※定価と発行日はカバーに表示してあります。
ISBN978-4-8454-2459-7　　Printed In Japan 2020